CB059796

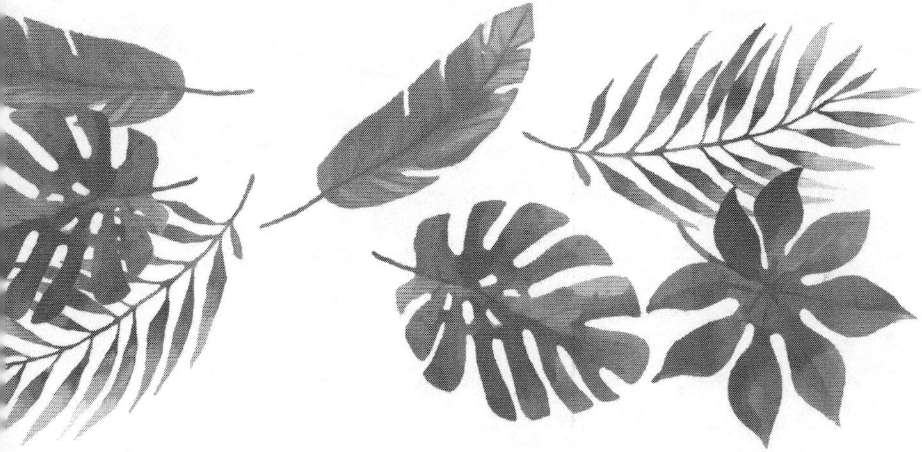

Boy's Love: A Ilha dos Perdidos

Dana Guedes

Ilustrações: Zhou Yi

primeira edição

editora draco

são paulo

2017

Dana Guedes
é autora dos sucessos *Boy's Love - Flor de Ameixeira*, *Boy's Love - Os mistérios de Llyr* e dos contos *Daruma* (publicado em *Boy's Love - sem preconceitos, sem limites*), *Homérica Pirataria*, *V.E.R.N.E.* e *o Farol de Dover*, entre outros de fantasia e aventura, gêneros pelos quais é apaixonada. Também trabalha como roteirista, ama viajar e busca inspiração em diferentes culturas e linguagens.
Facebook.com/dana.guedes

© 2017 by Dana Guedes

Todos os direitos reservados à Editora Draco

Publisher: Erick Santos Cardoso
Produção editorial: Janaina Chervezan
Revisão: Karen Alvares
Ilustrações: Zhou Yi
Capa e editoração digital: Ericksama

Dados Internacionais de Catalogação na Publicação (CIP)
Ana Lúcia Merege 4667/CRB7

Guedes, Dana
    Boy's Love: A Ilha dos Perdidos / Dana Guedes – São Paulo: Draco, 2017

ISBN 978-85-8243-220-4

1. Contos brasileiros 2. Literatura Brasileira I. Título

CDD-869.93

Índices para catálogo sistemático:
1. Ficção : Literatura brasileira 869.93

Primeira edição, 2017

Editora Draco
R. César Beccaria, 27 – casa 1
Jd. da Glória – São Paulo – SP
CEP 01547-060
editoradraco@gmail.com
www.editoradraco.com
www.facebook.com/editoradraco
Twitter e Instagram: @editoradraco

Aos meus pais, irmãos e amigos queridos, por serem uma lanterna capaz de espantar qualquer escuridão. E a vocês, leitores novos e antigos, por aceitarem embarcar em mais uma jornada.

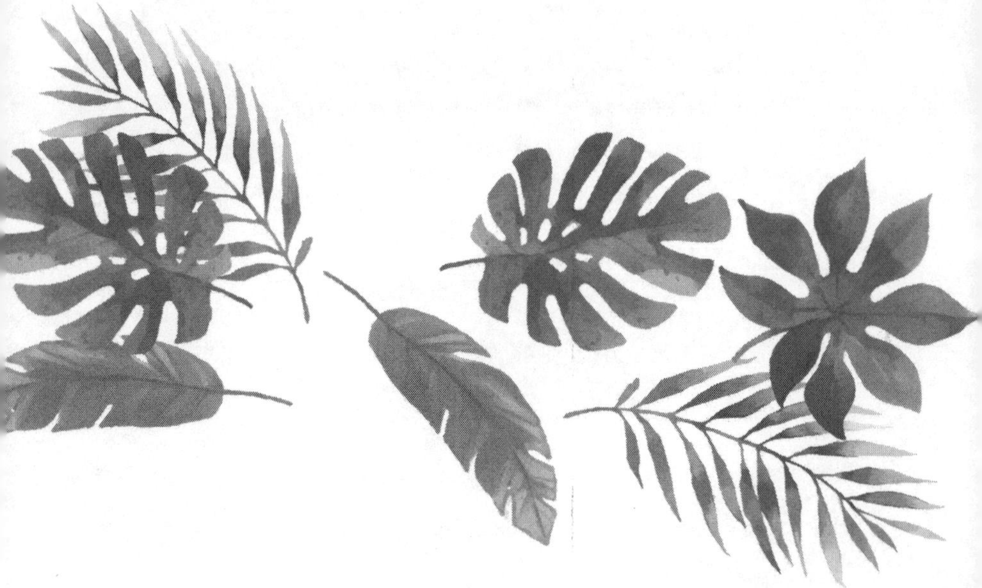

Capítulo 1: Uma ilha não mais deserta

Evan finalmente abriu os olhos.

Encarou um céu que lentamente entrava em foco, revelando nuvens brancas e esparsas, como se alguém tivesse tentado espaná-las em vão. Sentiu o corpo doer, algum objeto pontiagudo cutucava suas costas. Ergueu o peito e apoiou-se em um dos cotovelos, observando ao redor numa confusão genuína.

Estava deitado na areia de uma praia desconhecida, sobre uma porção de pedregulhos incômodos. Cada centímetro do corpo latejava, como se saído perdedor de uma briga. Os pés descalços, a camisa de algodão fino rasgada em diversos pontos, um estado deplorável. Nem mesmo a suave melodia do mar poderia lhe trazer algum conforto.

— Ah, acordou! — disse uma voz atrás de si.

Ainda mais confuso, Evan encontrou um rapaz de pele morena e cabelos escuros. Diferente do cenário, ele não era um total desconhecido, o que fez Evan se sentir aliviado, apesar de não ser a companhia que desejava. O rapaz era um jovem empregado, filho de vassalos que serviam sua família há anos. Se não falhava a memória, seu nome era Alex. Deviam ter praticamente a mesma idade, apesar de Alex parecer mais velho. Trazia no semblante o peso do trabalho, a pele marcada de sol e as mãos ásperas de tanto navegar os barcos da família de Evan. Os Bergmann eram grandes mercadores e controlavam quase todas as frotas comerciais conhecidas e exploradas.

— O que aconteceu? — Evan estranhou a própria voz. A garganta ardia.

— Você não se lembra? Deve ter batido a cabeça. — Alex

respondeu, sentando-se ao lado de Evan. — Nós sobrevivemos a um naufrágio.
— Um naufrágio? — balbuciou, sentindo as letras perderem-se na boca.
Fechando os olhos, Evan vasculhou as próprias lembranças em busca de uma resposta. Visualizou o navio do pai, imponente. As velas içadas, brancas como a espuma das ondas, infladas de vento enquanto os guiava ao horizonte. Então o céu se tornou revolto como a maré. Nuvens negras anunciaram o dilúvio. Um relâmpago partiu o mastro ao meio. Fogo. E depois o nada.
O horror arregalou os olhos de Evan em duas gemas de safira.
— Onde estão os outros? E meu pai? — perguntou, tentando se colocar de pé. As costas deram um estalo alto, os músculos pareciam adormecidos.
Alex balançou a cabeça com pesar.
— Somos só nós dois.
— Não, isso não tá certo! — Evan, sem se deixar vencer pelas consequências do acidente, ergueu-se do chão. — Precisamos dar um jeito de sair daqui e retornar ao palácio. Posso mandar barcos em busca do meu pai!
— Evan... — Alex suspirou. — Olhe em volta. Estamos numa ilha, sabe-se lá de que tamanho, no meio do oceano. Não há nem sinal de continente. O que eu acho...
— Eu não me importo com o que você acha! — o tom de Evan se elevou. — Eu sou o seu senhor e você deve fazer o que eu mando!
As sobrancelhas de Alex se fecharam e o rapaz ponderou um pouco antes de abrir a boca.
— Minha família serve ao *seu pai*. Eu não sou seu empregado, muito menos um servo. Nesse exato momento, você é só um cara perdido numa ilha e eu não te devo nada. Então boa sorte tentando voltar para casa.
Alex virou as costas e subiu as dunas de areia em direção à

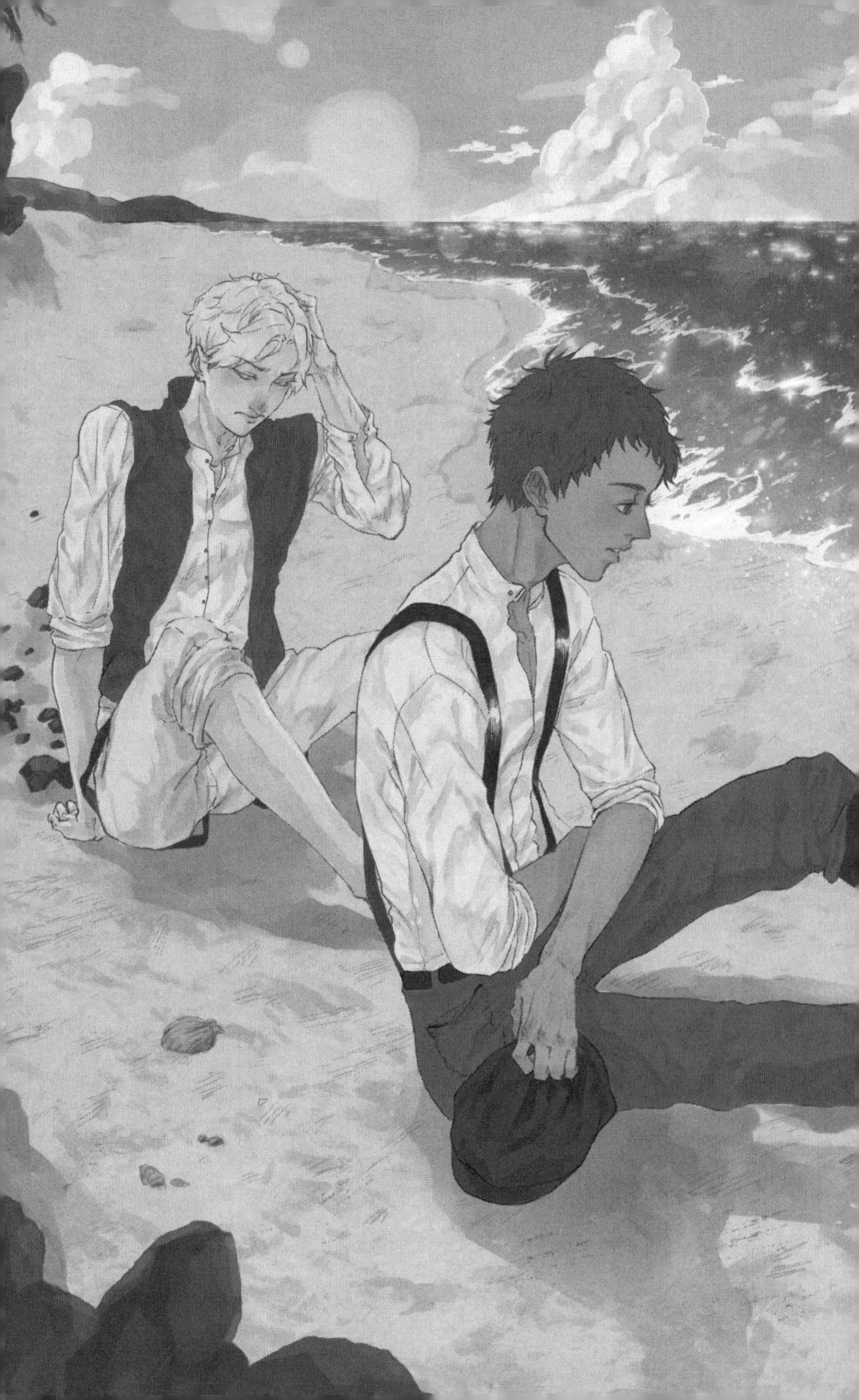

floresta. Não parecia haver nada além disso: a extensa orla da praia e uma mata densa, que se perdia de vista, contornando a ilha aparentemente deserta.

— Onde é que você vai? Alex! — Evan berrou, mas sua voz se dissipava na brisa do mar. — Alex!

O rapaz desapareceu atrás dos troncos grossos dos coqueiros e de outras árvores tropicais.

Ultrajado, Evan correu atrás dele, a areia queimando os pés descalços. Alguns pedregulhos prendiam entre os dedos, dificultando a subida para sair dali. Respirou aliviado quando sentiu a relva sob a sombra das folhagens e entrou no meio dos arbustos, protegido do sol.

Ali a vegetação crescia tanto que mal dava para ver o céu. As folhas se projetavam de galhos emaranhados, que, junto com o labirinto de caules, passavam um ar de extrema solidão.

Evan ficou parado alguns instantes, tentando ter qualquer vislumbre de Alex ou encontrar uma trilha de seus passos. Mas o silêncio trouxe apenas o assovio do vento, um distante canto de pássaros e uma série de sons rastejantes que ele não tinha a menor intenção de descobrir a origem.

— Alex? — Chamou de novo, antes de adentrar a floresta.

Os pés esmagavam cascalhos e pequenos insetos corriam de um lado para o outro. Evan sentiu um arrepio.

— Alex!

Ouviu, então, o som de uma batida e, rezando para que fosse mesmo o empregado, correu naquela direção. Encontrou Alex de frente para um grande tronco quebrado, arrancando boas lascas de madeira envelhecida.

— Que ótimo, é você mesmo! — Evan exclamou, aliviado. — Então, o que você ia dizer lá na praia? Qual seu plano?

Nenhuma resposta. Apenas o zumbido irritante dos mosquitos, que voavam ao redor do rosto de Evan, atraídos pelo suor.

— O que eu quero dizer é... - Evan continuou, chegando

mais perto do outro rapaz e do tronco quebrado. — Vamos fazer do seu jeito.
— E quem disse que eu quero fazer alguma coisa com você?
— Alex suspirou, impaciente, deixando o trabalho de lado.
— Se você me ajudar, prometo que vai ser recompensado. Assim que chegarmos em casa, meu pai...
— Eu não quero nada seu, *senhor*. — Alex riu com ironia.
— Tudo bem, tá bom! Vamos fazer isso como uma parceria. Tenho certeza que você pode usar um par de mãos a mais. — Evan insistiu e, dessa vez, Alex não disse nada.

Tomando o silêncio como uma resposta positiva, Evan se aproximou e também puxou um pedaço de madeira.
— E aí? Qual o plano? Explorar a ilha até achar um lugar habitado? — Ele perguntou, descobrindo que pegar pedaços decentes de madeira era mais difícil do que Alex fazia parecer.
— Não. Construir uma cabana, procurar comida e água, e só depois explorar a ilha.

Evan pensou em contestar. Parecia idiota ter tanto trabalho, ao invés de procurar um abrigo decente. Mas preferiu ficar calado e garantir alguma companhia.

Quando o abrigo ficou pronto, o sol se punha em algum lugar ao longe, atrás de toda aquela mata. Parecia razoável, mesmo sob a sombra. Os pedaços de madeira formavam um telhado entre dois troncos fortes, presos rusticamente com galhos e cordas feitas de cipó. Folhas de bananeira serviam de parede e, de quebra, conseguiram algumas frutas. Evan não podia dizer que ajudara muito, mas se gabava por ter encontrado um pedaço de tecido roto, que foi usado como revestimento para a cabana. Todo o resto fora Alex.

De toda a área que exploraram, não encontraram sequer

uma gota de água doce, e depois de tanto trabalho, os dois rapazes sentiam a garganta arranhar.

— Eu vou morrer de sede — Evan reclamou em voz alta, levando os dedos aos próprios lábios ressecados.

— A gente precisa vasculhar aquele lado da ilha antes de escurecer. Temos no máximo uma hora — Alex falou ao sair da cabana, limpando o suor da testa com as costas da mão. — Vamos nos separar. Eu vou por aqui, você segue aquela trilha.

— Sozinho? Nem a pau. Eu vou com você, confio nos seus instintos.

Evan não se importou quando Alex revirou os olhos e bufou. Seguiu seus passos, seguindo ainda mais fundo em direção ao leste da floresta. Ou pelo menos era o que parecia ser o leste, não dava para ter certeza.

A mata inexplorada era idêntica à porção de terreno que já conheciam. Algumas árvores tinham troncos tão grossos que seria preciso três homens para abraçá-los por completo. Flores nasciam entre arbustos, mas não o suficiente para colorir a paisagem.

Ainda descalço, Evan resmungava toda vez que pisava em algo duro ou pontiagudo. Ou seja, o tempo todo.

— *Shh*! Escuta! — Alex exclamou de repente, sinalizando para que Evan ficasse em silêncio.

— O quê? Não estou ouvindo nada! — ele sussurrou, se esforçando para escutar qualquer coisa.

— Água! — Alex apontou com a cabeça para direita e saiu correndo na frente.

Logo as árvores ficaram mais finas e espaçadas entre si, até se abrirem em uma enorme clareira, o céu do crepúsculo lhes dando as boas-vindas de braços abertos.

Ali, um fio de água cristalina escorria entre as paredes de um rochedo, descendo em cascata até desembocar numa lagoa. A superfície formava um espelho, refletindo a luz tímida da lua, que se partiu em pedaços quando Alex enfiou o rosto na água, bebendo com avidez. Evan acabou fazendo o mesmo, o alívio quase dolorido da água gelada na garganta.

Por sorte, Alex levava na cintura um cantil, que encheu até a boca antes de sentar no gramado.

Àquela altura, a noite já se consolidara no firmamento e os dois rapazes ficaram em silêncio por um momento, contemplando as estrelas.

— Precisamos de fogo — Evan disse, finalmente. — Vai ser impossível encontrar o caminho de volta nessa escuridão.

— Alguma ideia? — Alex perguntou, olhando ao redor. — Não parece que vamos encontrar alguma coisa por aqui.

— Eu li alguma coisa a respeito. Não sei se funciona, mas podemos tentar.

— Do que você precisa?

— Algumas pedras, folhas e gravetos — Evan respondeu, levantando-se do chão. — E se eu conseguir, você tem que me dar seus sapatos. — Sorriu descaradamente.

Mais uma vez, Alex revirou os olhos e saiu balançando a cabeça, em busca dos materiais que Evan pedira.

Seria desonesto dizer que criar fogo com pedras e gravetos fora uma tarefa fácil. Não importa quão depressa os aventureiros realizavam essa proeza em obras de ficção, a vida real não parecia em nada com aquilo. Mais de uma vez, Alex e Evan discutiram sobre a possibilidade de não dar certo, mas depois de inúmeras tentativas, uma faísca se transformou numa fagulha crepitante, consumindo as folhas secas até se transformar em chamas. Assim, Evan adquiriu seu desejado par de sapatos.

Transferindo o fogo para uma tocha improvisada, os rapazes voltaram para a floresta, tentando repetir o caminho que os levaria até a cabana.

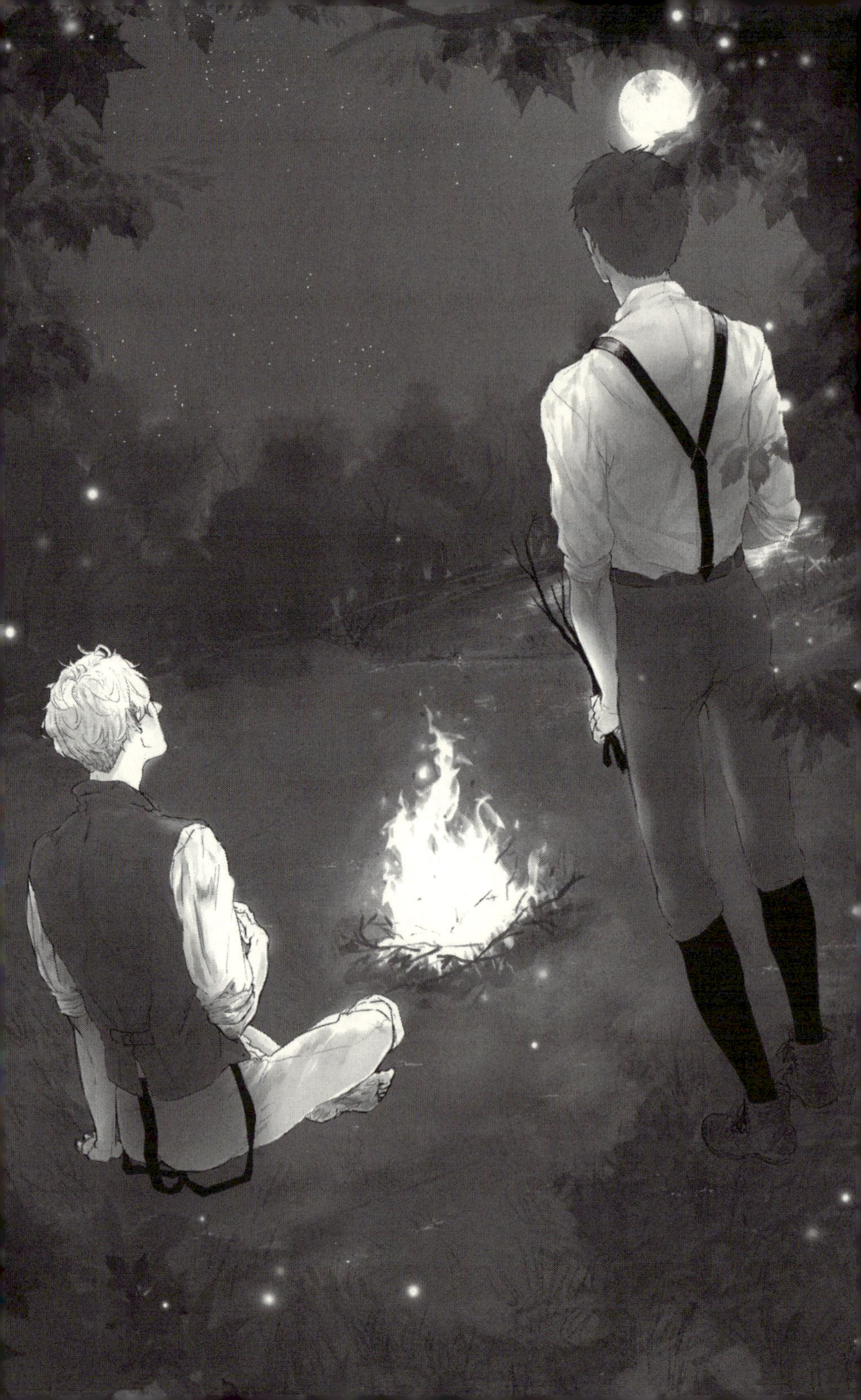

— Espera! Viu aquilo? — Alex sussurrou. — Aponta o fogo naquela direção. Ali!

— Você sempre fica vendo e ouvindo coisas? — Evan disse, ressabiado. Estendeu a mão com a tocha e, de fato, viu algo se mover entre os arbustos. — O que é aqui-

— *SHH!* Com sorte, o nosso jantar! — disse Alex. Pé ante pé, caminhou na direção do movimento misterioso, os joelhos levemente flexionados, as mãos em garras, pronto para dar o bote.

Então veio um pulo, folhas amassadas, galhos partidos, resmungos, grunhidos e uma exclamação de vitória. Alex saiu de trás dos arbustos segurando uma lebre marrom e rechonchuda, mas sorria tanto que parecia ter encontrado um pote de ouro. Ou um barco.

— Hoje vamos jantar como se estivéssemos em um palácio, *milorde* — disse orgulhoso, segurando o animal junto ao corpo.

Com o caminho iluminado pela tocha, retornaram à cabana e prepararam uma grande fogueira. Evan não se prontificou em ajudar Alex com a refeição. Sinceramente não tinha estômago para o abate, mas para comer havia de sobra.

Empanturraram-se até mal conseguirem respirar e usaram um tronco caído como apoio para as costas. Sorrindo, Evan bateu suavemente sobre a própria barriga.

— Até que nossa situação não tá tão ruim — falou, encarando Alex.

— Não posso mesmo reclamar. Isso é mais do que geralmente tenho nos dias comuns.

Evan se inquietou.

— Não o alimentam bem durante o trabalho?

— Falo mais sobre a liberdade — Alex abriu um sorriso amargo. — Frequentemente eu pensava em fugir. Para onde você iria, Evan? Se quisesses deixar tudo para trás?

O vento soprou e Evan sentiu a lebre se revirar em seu estômago. O coração apertou, como se tocado em uma ferida antiga.

— Já conversamos sobre isso antes? — Evan perguntou, numa estranha sensação de *déjà vu*.

— Claro que não! Provavelmente eu estaria morto se dissesse algo assim — Alex riu, depois pareceu preocupado. — Você está bem?

— Sim, não é nada. Só estou cansado, foi um dia longo. Acho melhor irmos dormir.

Alex balançou a cabeça e acompanhou Evan até a cabana. Desapareceram entre tábuas e folhas de bananeira, buscando no silêncio da noite uma canção de ninar.

Capítulo 2: Trilhas na escuridão

Entre as curvas da montanha, havia uma casa de campo. As janelas davam vista a uma colina florida que descia até uma lagoa platinada. A lareira acesa impregnava o ar com aroma de eucalipto, combinado com chá e biscoito de gengibre. Cheiro de lar.

Um abraço quente. Olhos fechados, um beijo de lábios macios.

"Para onde você iria, Evan? Se quisesse deixar tudo para trás?"

Evan acordou puxando o ar pela boca com força, como se seus pulmões ainda estivessem adormecidos. Olhou para o lado e percebeu que estava sozinho. Do lado de fora, o sol encontrava seu caminho entre as folhas. A fogueira sobrevivera à madrugada.

Alex estava sentado num pedaço de tronco, trançando um emaranhado de cipós.

— Bom dia — cumprimentou, encarando o rosto sonolento e confuso de Evan. — Pensei em fazer uma rede para garantir alguns peixes.

— Percebi — bocejou. — Acha que ainda vai demorar muito? Não quero perder tempo antes de sair daqui.

— Sair daqui para onde? — Alex o encarou como se Evan tivesse enlouquecido.

— Procurar ajuda! Como acha que vamos ser resgatados?

— De novo isso? — Alex se irritou. — Evan, não tem ninguém nessa ilha! Você ainda não percebeu? Não tem cidade, nem barco, nem príncipe que vai te levar pra casa num cavalo.

Evan o encarou com os lábios apertados.

— Olha... — Alex suspirou. — Você é um Bergmann. É questão de tempo até perceberem que você sumiu e sua família enviar uma frota de resgate.

— E quanto tempo vai demorar? — Evan se exaltou. — Meses? Anos?

Alex demorou um momento antes de responder.

— Seja quanto tempo for, você não quer esperar passando fome — disse e voltou a tecer a rede.

— Que merda, Alex, vai se ferrar! — Evan gritou e arrancou os cipós das mãos do outro, atirando o emaranhado de fios no chão. — Era esse seu grande plano para escapar da minha família? Você arquitetou tudo isso, não foi? Pra passar o resto da vida "livre".

— Evan, cuidado — Alex o encarou nos olhos.

— Ou o quê? Vai me matar? Começo a pensar se não foi você quem causou o naufrágio! De propósito!

— Quer saber? Vai embora! — Alex gritou de volta. — Desaparece da minha frente antes que eu arrebente a sua cara! Você é um pirralho mimado que passou a vida acostumado a todo mundo fazer suas vontades. Surpresa, *Majestade*, você tá sozinho agora. Some daqui!

Devorando seu orgulho, Evan deu as costas a Alex, caminhando até a fogueira e pisoteando a centelha de fogo que estalava entre pedregulhos e folhas queimadas.

— Você não vai ficar com nada meu — Evan disse, de peito inflado.

— Digo o mesmo. Devolva meus sapatos.

Evan encarou a expressão dura de Alex por um momento. Com os dentes travados de ódio, descalçou as botinas e largou-as com desdém antes de partir.

A floresta parecia interminável. Quanto mais andava, mais apareciam caminhos a serem percorridos. No entanto, a paisagem permanecia intacta, as mesmas árvores e folhagens, fazendo Evan levantar a hipótese de estar caminhando em círculos. Nem sabia há quantas horas estava perdido.
Cansado, fez uma pausa e checou os arredores para ter certeza de que não estava deixando passar nenhuma pista. Qualquer indicação de qual caminho seguir ou o que procurar. Ouvia apenas a própria respiração ofegante e as batidas do próprio coração. Mesmo a praia parecia tão distante que sequer havia sinais de que ela existia. Para onde Evan olhasse, havia apenas fileiras e fileiras de árvores, como uma imensa gaiola que jamais o libertaria.
Sentiu sede e fome, mas era cedo demais para considerar que tivera uma péssima ideia. Obstinado a encontrar seu destino, Evan vagou em busca de água e frutas que pudessem preencher o vazio do estômago.
Enquanto não tivera sorte em encontrar um rio ou uma lagoa, vislumbrou algumas árvores que davam frutos arredondados. A casca era lisa e brilhante, uma coloração que ficava entre o amarelo e o verde. Evan nunca ouvira falar daquela fruta, mas não hesitou antes de mordê-la. O gosto era horrível, dura como argila seca. Mas, por baixo de uma camada grossa, derretia-se uma polpa macia que Evan bebeu num gole, junto com as sementes. O sabor era algo doce e também ácido, como em uma receita de bolo que não deu certo.
Depois de comer o máximo de frutas que conseguiu, encheu os bolsos da calça e seguiu em frente na caminhada. A noite se aproximava e Evan não tinha mais esperanças de encontrar qualquer tipo de ajuda.
Antes que a escuridão tomasse os céus completamente, recolheu galhos e pedras para repetir o feito do fogo. Pensou que seria mais fácil dessa vez, mas estava enganado. As sombras o cobriram como um manto antes que pudesse criar

sua luz. Mesmo assim, Evan não desistiu até a chama brilhar, consumindo as folhas em pequenas labaredas, alimentadas até se tornarem uma fogueira.

Aliviado, Evan se aninhou junto ao fogo, abraçando os próprios joelhos. Encarou o centro flamejante da brasa que lambia os galhos de madeira e pensou que a noite anterior não parecera tão assustadora. Ao redor da luz, a escuridão parecia pronta para devorá-lo assim que o fogo se extinguisse. Por um momento, pensou se Alex estaria sentindo o mesmo, envolto nas sombras da noite.

Foi quando ouviu um estalo atrás de si, um galho se partindo sob uma pisada de botas.

Assustado, Evan se virou, mas não viu ninguém. Apenas a massa escura, que parecia mais intensa a cada vez que se observava. O rapaz sentiu um incômodo, como se alguém – ou quem sabe, *algo* – o espreitasse na escuridão.

Quando se convenceu de que estava sendo vítima da própria imaginação, viu um vulto se mexer atrás das árvores e um arrepio gelado escorreu por sua nuca.

— Quem está aí? — Evan perguntou, a voz firme destoando de seu tremor.

O silêncio foi mais apavorante que qualquer resposta. Evan não tinha dúvidas de que encarava a silhueta de um homem.

— Alex, se você está tentando me assustar... — A voz vacilou. Por algum motivo, sabia que não era Alex. O ar se tornou gelado. Evan estremeceu.

Lentamente, a figura se aproximou, deslizando sobre a terra até a luz alaranjada, revelando um rosto que Evan não reconhecia. Rugas marcavam uma expressão austera, de olhos fundos e negros como as trevas.

O rapaz foi tomado pelo terror, escancarando a boca num grito que nunca saiu. Desesperado, tentou levantar, mas tropeçou nas próprias pernas. A queda pareceu interminável

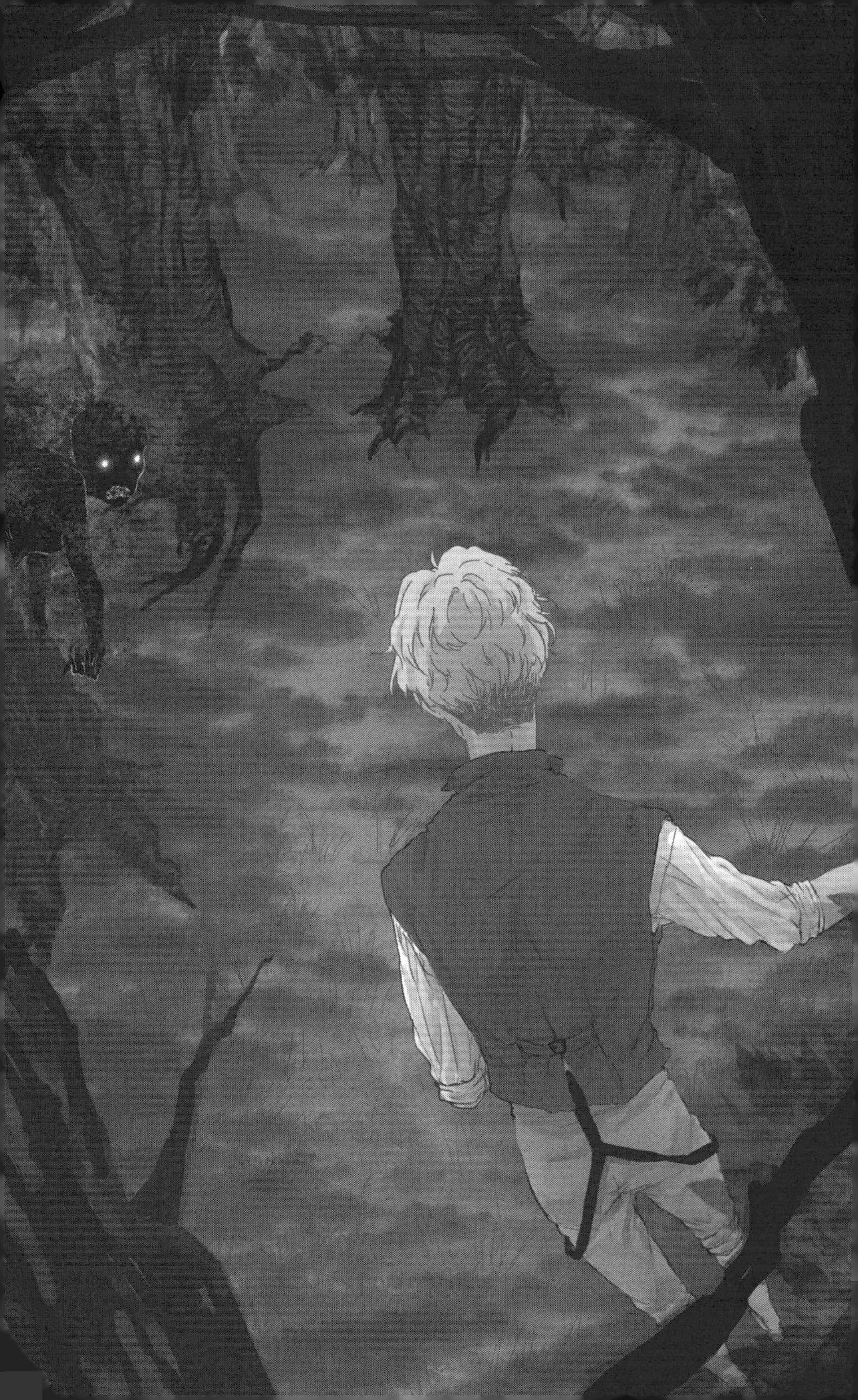

e quando Evan finalmente atingiu o chão, estava em um lugar completamente diferente.

A floresta dera lugar à uma extensa e verdejante colina, coberta de grama alta, que dançava de um lado para o outro com o vento. O céu noturno se abrira em um azul celestial, banhado pelos raios de sol. Ao longe, um rio brilhava como prata e uma cabana de madeira soltava fumaça pela chaminé.

Assim como no sonho, Evan sentiu o cheiro de eucalipto, chá e gengibre conforme se aproximava da casa de campo. Reconheceu a janela e, através do vidro, deu uma espiada do lado de dentro. Não viu ninguém, mas ouviu duas vozes masculinas.

— É o fim da linha — alguém disse. — Não há mais como lutar contra o inevitável.

O outro chorou.

Evan esticou o pescoço, mas ainda não via ninguém.

— *Encontro você em outra vida.*

Evan abriu os olhos.

O dia raiava entre as folhagens. Surpreso, deu um pulo, tocando o próprio corpo e olhando ao redor. As árvores altas, a fogueira quase extinta. Despertara de um sonho.

Evan se levantou, rápido e atrapalhado, preparado para partir. Deu uma última olhada entre os arbustos, certificando-se de que não havia ninguém ali. Nada. Nenhuma sombra. Nenhum rosto saído de seus pesadelos.

Era hora de admitir que cometera um erro, apesar de não saber qual caminho poderia levá-lo de volta à cabana de Alex. Ficar ali não era uma opção. Havia algo de muito sinistro naquela floresta. Isso ou Evan estava perdendo a cabeça.

Caminhou a esmo, incapaz de seguir as próprias pegadas, deixando para trás uma trilha de cascas ocas após devorar o restante das frutas que salvara nos bolsos.

Horas mais tarde, estava cansado, faminto e mais perdido do

que jamais estivera. O ar fora tomado pelo aroma da chuva que chegava.

Pisando no lugar errado, Evan tropeçou e enfiou a sola do pé em um pedaço de madeira pontiagudo, rasgando a pele até se alojar na carne. Urrando de dor, ele sentou na terra e arrancou a lasca, assistindo ao sangue brotar e escorrer em grande quantidade.

— Puta que o pariu! — Evan chorou em voz alta e apertou a ferida, mas o líquido vermelho e pegajoso continuava a sair. Aturdido, tirou a camisa de algodão e a usou como gaze, comprimindo o ferimento. Pareceu resolver por um tempo.

A floresta parecia maior, as árvores mais altas e as sombras mais densas.

Sem conseguir andar por muito tempo, Evan se alojou ao pé de uma árvore e contemplou o céu mudar de cor, dominado pelas nuvens negras, em um pavoroso prelúdio de tempestade.

Nem mesmo as folhas conseguiram conter as gotas pesadas que caíram. A água abria passagem, envergando galhos, e se unia ao vento para contornar cada espaço entre os troncos.

Evan se encolheu ao som dos trovões que estouravam em seus ouvidos. Tremia, abraçando o próprio corpo em uma tentativa frustrada de se manter aquecido. Seu único consolo era sentir a água doce refrescando a língua e umedecendo seus lábios mais uma vez.

Através do véu da chuva, o rapaz pôde reconhecer a figura sombria que o observava. Mais uma vez, aqueles olhos profundos estavam à sua espreita.

— Vai embora daqui! Sai de perto de mim! — gritou, em pânico. — Você não é real!

A silhueta obscura estendeu o braço e apontou, com um dedo pálido e encurvado, a direção atrás de Evan.

O rapaz sentiu um arrepio percorrer a coluna.

Devagar, virou a cabeça e se deparou com a escuridão. Ela o engoliu como uma bocarra, trazendo solidão e melancolia.

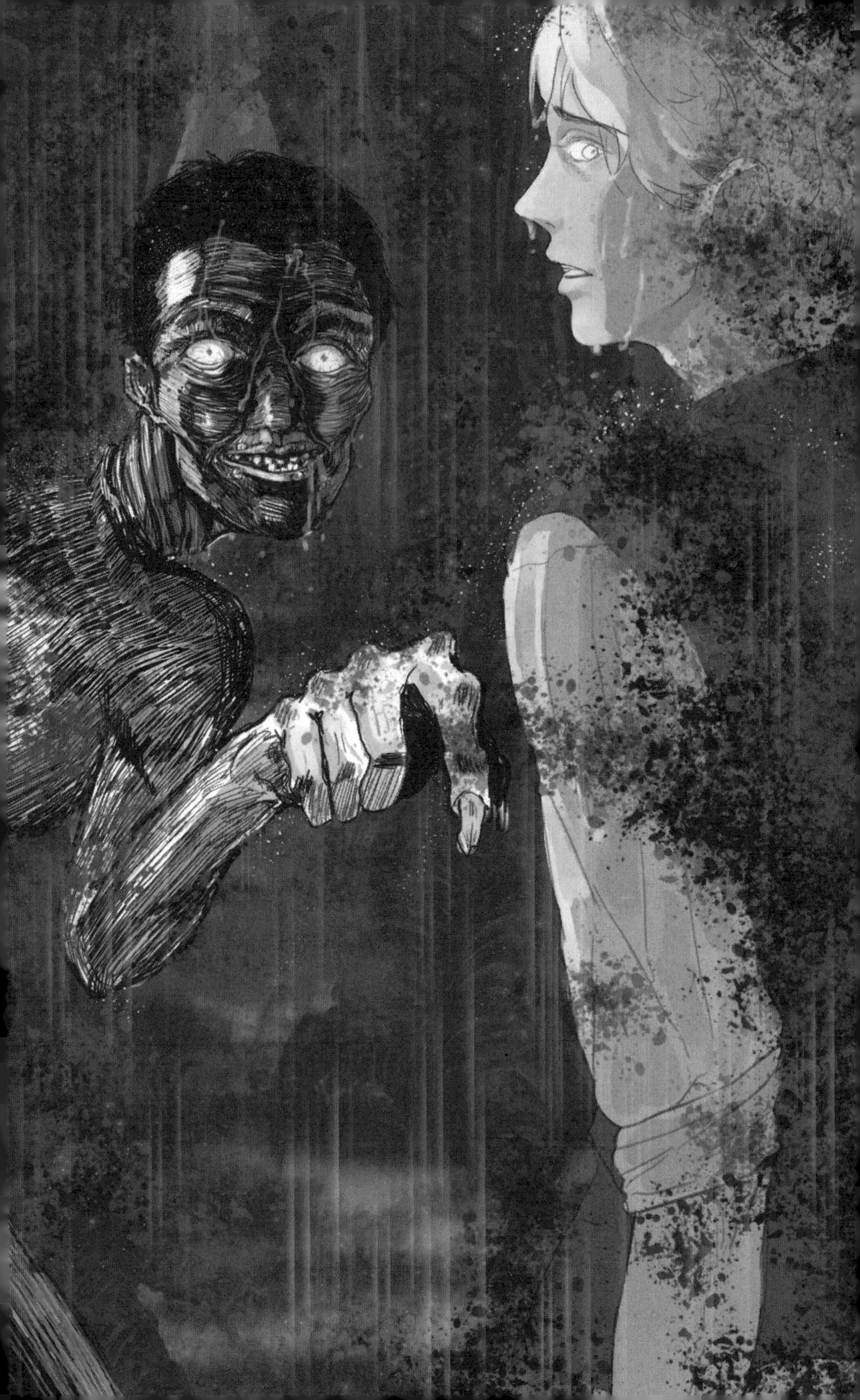

Espero que tenha entendido agora, Evan. Farei qualquer coisa para manter o bom nome e a fortuna dos Bergmann.
Um tiro.
Um grito.

O rapaz acordou aos berros, assustado com o som da própria voz. E então uma mão tocou seu rosto, fazendo Evan se encolher num sobressalto.

— Calma! Evan, sou eu! Alex. — O moreno estendeu as mãos e pressionou os ombros de Evan para que ele voltasse a deitar.

— O quê? Mas como...? — Evan balbuciou, percebendo que retornara à cabana. Reconheceu o tecido velho do revestimento e o cheiro das folhas de bananeira.

— Eu encontrei você caído aqui perto, há dois dias. Pensei que... bem, você parecia morto. Tive que checar duas vezes.

— Dois dias? – Evan estava chocado.

— Na maioria do tempo, você só dormiu. Mas em outras vezes, gritou um monte de coisas sem sentido. Você não se lembra de nada? — Alex perguntou, ao que o outro respondeu apenas balançando a cabeça. — O que houve lá fora?

— Fome, chuva e... — calou-se. Não achou que seria seguro mencionar a figura nas sombras. Provavelmente era apenas uma alucinação.

Percebendo que Alex esperava uma conclusão, indicou o machucado no pé. Para sua surpresa, uma faixa envolvia sua sola com firmeza e não havia mais traços de sangue, nem dor.

— Ah, isso. — Alex concordou. — Tava bem feio, mas deu pra cuidar. Pelo menos não infeccionou.

— Como você sabe tanta coisa? — Evan perguntou, aproximando o rosto do calcanhar e notando o cuidado com que a bandagem fora feita.

— Ossos do ofício — Alex sorriu com o canto dos lábios.

O silêncio desconfortável pairou entre eles como uma erva-daninha indesejada no jardim.

— Olha, Alex, eu... me desculpe — Evan suspirou. — Eu não queria ter dito todas aquelas coisas horríveis pra você.

— Eu sei — ele sorriu, sereno.

— E eu fui um babaca por ter apagado a fogueira.

— Foi mesmo.

Os dois riram juntos.

— Obrigado por ter me ajudado — Evan desviou o olhar. Pedir desculpas não fazia parte de sua lista de habilidades.

— Gosto de pensar que você faria o mesmo por mim — Alex sorriu. Era um sorriso muito bonito, com uma fileira de dentes surpreendentemente alinhados, emoldurado por um par de lábios finos.

Evan consentiu.

— Tá com fome? Acha que consegue andar? — Alex perguntou e ficou em pé, curvando as costas para caber no abrigo.

— Acho que sim.

— Ótimo, porque vou precisar da sua ajuda. Acho que você vai gostar do que eu preparei.

Capítulo 3: Laços que unem espaços

A paisagem se abriu na vastidão da praia; a maré tranquila se emaranhava com a areia em pequenas ondas através da orla. Os olhos de Evan arderam, desacostumados à claridade do sol ao céu aberto. Gostou mais dali que da floresta.

Gaivotas grasnavam alto, numa melodia bagunçada, e Evan protegeu os olhos com a mão para observar o bando de pássaros ao redor de um amontoado de rochas.

O verdadeiro interesse das aves, no entanto, era uma rede que flutuava na superfície da água, presa às pedras por uma estaca de madeira, que a impedia de se perder na correnteza.

Entre as cerdas trançadas, inúmeros peixes se debatiam, empilhados em cardume.

Alex correu na frente, pulando entre as pedras com facilidade e alcançando a alça da rede.

— Viu isso? — ele gritou para que Evan escutasse. O outro rapaz caminhava com cautela e não se atrevia a bancar o alpinista. — Eles vêm de monte durante a noite, mas eu solto a maioria.

Alex segurou as cordas com firmeza e puxou a rede, lutando contra a força das ondas e a fome das gaivotas. Então, pegou a grande folha de bananeira que levara a tiracolo e a encheu de peixes, como uma bandeja, apenas o suficiente para que se alimentassem naquele dia. Em seguida, libertou os outros para a própria sorte.

— Me ajuda aqui! — Alex disse, enquanto atravessava as pedras com a comida, entregando uma ponta da folha para que Evan carregasse.

— Para onde vamos levar isso? — Evan perguntou, mancando enquanto acompanhava os passos de Alex.

Logo viu um buraco cavado na areia, uma fogueira muito mais elaborada que a da floresta. Além de galhos e folhas, pequenas paredes de areia protegiam o fogo do vento.

Os dois depositaram a folha e se sentaram. Alex tirou da bota uma pedra afiada, que usou para preparar os peixes, antes de jogá-los na fogueira.

Evan devorou tudo até lamber os dedos. Sabia que aquilo estava longe de ser uma refeição incrível, mas não se lembrava de ter apreciado tanto um pouco de comida.

— Você realmente se superou nessa ideia, Alex — Evan passou as mãos na barriga cheia. — Eu não costumava comer peixe porque o cheiro me dava nojo.

— É que agora você tá fedendo mais que eles — o moreno riu.

— O quê? Não estou! — Evan cheirou a própria axila.

— Ah, tá sim. É que você se acostumou à podridão. — Alex riu mais ainda quando viu o dedo médio erguido em sua face. — Cadê a educação da nobreza?

— Vai se foder. Você também não está cheirando a flores campestres.

— Pelo menos eu me lavei desde que chegamos aqui.

— Ah é? Tá bem. — Ainda rindo, Evan ficou de pé e despiu a camisa.

— O que você tá fazendo? — Alex gargalhou, surpreso.

— Vou tomar banho no mar, ué. O que você acha? — Seu corpo estava mais magro do que se lembrava, era possível até contar algumas costelas. Sem pudor algum, baixou as calças, revelando os quadris pequenos e as pernas finas. — Que cara é essa? Nunca viu uma bunda?

Evan riu e atirou a cueca na direção de Alex. Depois se jogou no mar, mergulhando na primeira onda. A sensação da água na pele foi mais revigorante do que esperava. O oceano o

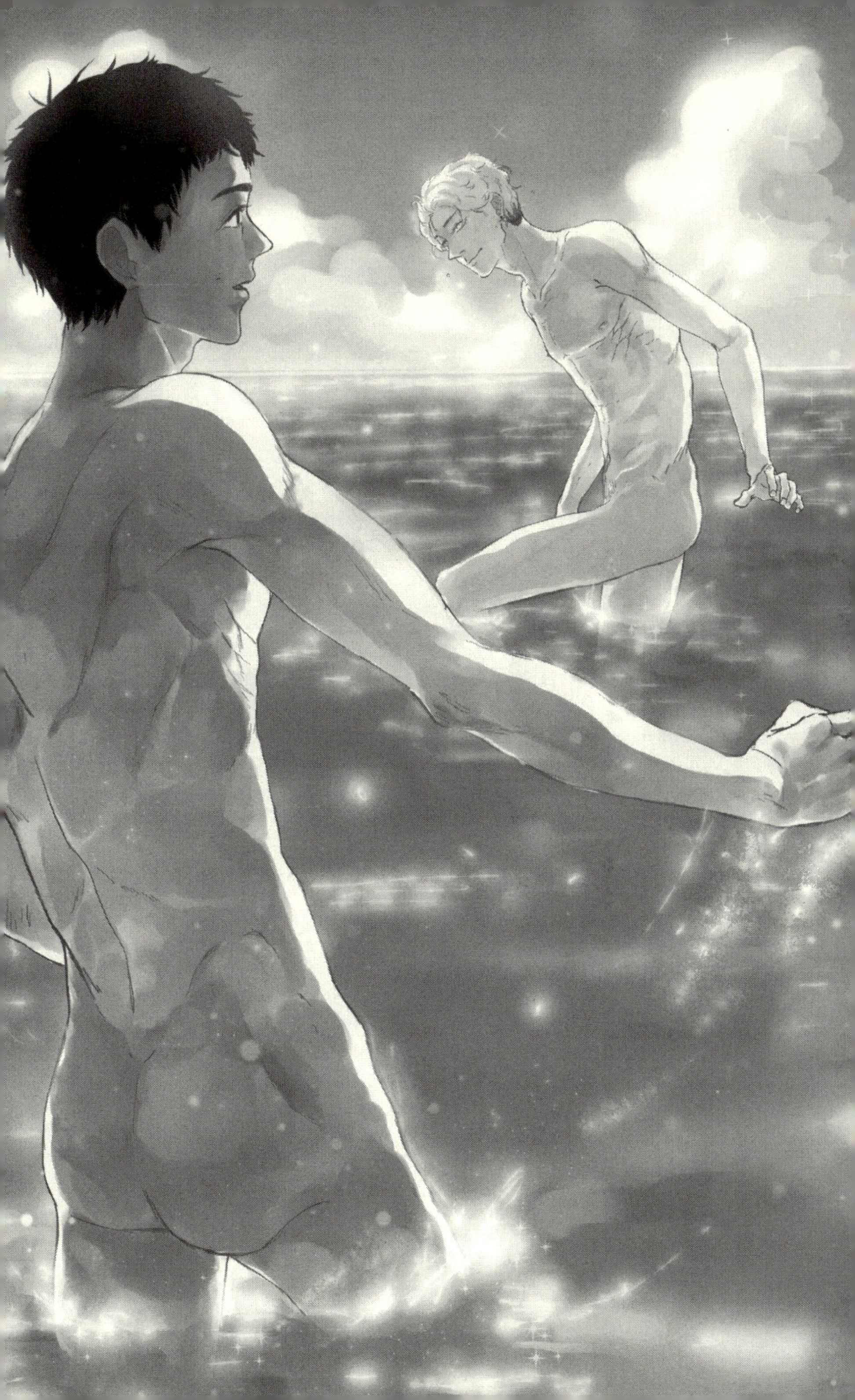

abraçou como um amigo de longa data, levando suas dores e desconfortos com a maré, relaxando cada músculo de seu corpo.

Quando reemergiu, Evan encheu os pulmões de ar, como se estivesse renascendo. Ao abrir os olhos, no entanto, recebeu um espirro d'água no rosto, seguido de uma risada. Alex se juntara a ele e os dois ficaram imersos na calmaria, nus e livres, até o sol ganhar um tom alaranjado.

O fogo crepitou ao receber novas folhas, devorando-as, faminto, e agradecendo ao receber mais gravetos. O púrpura dominava o céu. Os rapazes repousavam na areia, aquecendo-se, confortáveis.

Em silêncio, assistiram ao peixe assando nas chamas, um espetáculo que os tranquilizava.

— Não se preocupe — Alex falou —, tenho certeza que logo irão nos encontrar.

— Não era nisso que eu tava pensando — Evan sorriu, encarando o companheiro. — Quando voltarmos para casa, vou pedir para te dispensarem do trabalho.

Alex riu como se ouvisse uma piada absurda.

— Eu tô falando sério! — Evan deu um tapa no ombro dele. — Você vai poder fazer o que quiser!

— E o que seria isso? — Alex perguntou.

— Eu sei lá! Você não tem nenhum sonho? — Evan deu de ombros.

— Você tem? — Alex encarou seus olhos.

Evan permaneceu calado, olhando para ele. Era estranho, não conseguia pensar em nada. Tinha certeza que já sonhara acordado a respeito de muitas coisas e que já se perdera na imaginação de viver grandes aventuras. Mas não tinha uma resposta para aquela pergunta.

— Acho que é a primeira vez que me perguntam isso.
— Não tem problema. A gente descobre nossos sonhos no caminho.
Logo o assado ficou pronto e as palavras foram deixadas de lado para saciar a fome. Nem um pedacinho foi desperdiçado.
A noite, enfim, trouxe o cansaço e os convidou para voltarem ao abrigo.
Evan se levantou primeiro, atravessando a pequena duna e deparando-se com a escuridão da mata. Então congelou. O peito apertou, sufocado, e os olhos caçaram a figura sinistra que habitava as sombras. O pânico travou-lhe as pernas e Evan não encontrava coragem para dar mais um passo à frente.
— Ei! O que foi? — Alex tocou o ombro dele e olhou para a floresta, buscando seja lá o que Evan vira, não encontrando nada. — Você tá legal?
Evan pareceu despertar de um transe. Encarou Alex surpreso e balançou a cabeça.
— Sim, não foi nada. — Evitou olhar para além dos arbustos. A ideia o encheu de medo.
— Não se preocupe, tá tudo bem. Vamos! — Alex disse e ofereceu a mão para Evan.
— O que é isso? — arqueou a sobrancelha, encarando aquela palma aberta que esperava sua mão.
— Você parece assustado — Alex explicou.
— O que não é motivo pra gente andar de mãos dadas — o rosto de Evan ardeu.
— Tanto faz, apenas vamos logo. — Alex saiu na frente, segurando a tocha para iluminar o caminho.
Evan seguiu atrás dele. Um arrepio permanecia em sua espinha, como se alguém invisível respirasse em sua nuca. Enquanto caminhava, seguindo as trilhas iluminadas de Alex, tentava dominar a própria mente e livrar-se do pavor que o cercava. No entanto, tudo foi por água abaixo quando ouviu um barulho logo atrás de si.

— Ouviu isso? — Evan gaguejou. Num ímpeto, colou o peito nas costas de Alex e segurou seu braço.
— Deve ser algum bicho. Quer que eu vá dar uma olhada? — Alex encarava a expressão apavorada de Evan.
— Não!
— Evan, pode mentir o quanto quiser e dizer que não aconteceu nada no tempo em que você ficou sozinho na floresta. Mas eu não posso te ajudar enquanto não souber o que é.
— Eu só quero sair daqui — Evan disse, enquanto apertava o bíceps de Alex entre os dedos.
Sem dizer nada, Alex estendeu a mão novamente. Desta vez, Evan a segurou com força, sem pestanejar.

Evan concluiu que a floresta jamais adormecia. Deitado, encarando o telhado da cabana, ouvia todos os sons aterradores que o lugar emitia. As cigarras pareciam gritar em seus ouvidos, as folhas arranhavam as paredes como animais selvagens.
Ao seu lado, Alex dormia num sono pesado, os lábios entreabertos e a respiração calma, compassada. Evan suspirou, inquieto, tentando encontrar uma posição mais confortável, mas nada era suficiente para lhe fazer fechar os olhos.
Um baque seco do lado de fora colocou Evan sentado num segundo. Os olhos se arregalaram, tentando enxergar em meio à escuridão.
Outro baque, desta vez mais próximo.
— Alex! — Evan sussurrou com urgência. — Alex, acorda!
Perdendo a paciência, deu uma bofetada nas costas dele, acordando-o no susto.
— Tá maluco? — Alex franziu as sobrancelhas e esfregou os olhos.
— Tem alguma coisa lá fora — Evan continuou falando baixo.

— Alguma coisa tipo o quê?
— Tipo alguma coisa, eu não sei! — A voz de Evan oscilava, nervosa.

Alex respirou fundo e coçou a testa, balançando a cabeça enquanto convencia a si mesmo de checar o lado de fora. Ajoelhando-se no solo, abriu uma pequena fresta entre as folhas de bananeira. Não conseguia enxergar nada dali. O pretume da madrugada engolia as árvores, e as chamas da fogueira estavam tão fracas que mal irradiavam luz.

— Não tem nada lá fora — Alex voltou para dentro da cabana. — Vai me contar o que tá havendo?

Os lábios de Evan se curvaram para baixo e ele finalmente revelou parte da história. Pelo menos o pouco que conseguia explicar, uma vez que nada fazia sentido, nem para ele mesmo.

Alex pareceu satisfeito com a resposta e não pediu mais nenhum detalhe. Não queria trazer à tona lembranças desnecessárias para o estado de Evan.

— Seja lá o que fosse, agora não tem mais ninguém atrás de você. E se alguma coisa aparecer, você não vai estar sozinho.

Evan concordou em silêncio.

— O melhor a fazer agora é dormir. — Alex se deitou na relva amassada. A folhagem quase tinha o formato de seu corpo. — Você vai se sentir melhor pela manhã.

Evan se deitou no chão. O ombro esquerdo colado ao de Alex, que também estava virado de barriga para cima. Ouviu o outro suspirar, mas não conseguiu pregar os olhos. Encarava obsessivamente o vazio acima deles onde, sob a luz do dia, os pedaços de madeira se encaixavam nos galhos.

O silêncio enchia o coração de Evan de ansiedade e a mente de tormentas.

— Tá dormindo? — Alex perguntou, não se sentindo surpreso ao receber uma resposta. — Quer que eu fique acordado com você?

— Não precisa. Eu não seria a melhor companhia no momento.
— Posso contar uma história que vai te fazer morrer de tédio — Alex riu.
— Se for a da Chapeuzinho Vermelho, já sei o final.
— Garanto que nunca ouviu essa antes.
— Me surpreenda. — Evan sorriu, virando o corpo na direção de Alex. Não sabia se o outro fizera o mesmo, mas podia sentir o calor de seu corpo lhe afagar da cabeça aos tornozelos.
— Quando eu era criança, meu pai me levou para navegar pela primeira vez. Lembro que era um barco de madeira que estalava a cada pisada. Parecia ser uma embarcação enorme, mas pensando agora, era só um pesqueiro. Eu que era pequeno demais, nem conseguia fechar os dedos ao redor do leme. Fomos até o deque e o mar estava tão calmo que parecia um rio. Parecia que água estava coberta de ouro, por causa do reflexo do sol. Então meu pai me deixou no barco e desceu para soltar a âncora. Quanto mais ele desamarrava a corda, mais o pesqueiro embalava na maré, balançando com as ondas e se afastando do píer. Mas eu não estava com medo. Escalei a balaustrada e me inclinei para ver a proa cortando a água, abrindo caminho. Foi nesse dia que descobri que eu poderia navegar minha vida inteira, se deixassem.

Evan não ouviu o final da história. Com um sorriso no rosto, mesmo escondido pelo escuro, ele fechou os olhos e imaginou o lugar tão bonito que Alex descrevera. Cada palavra do rapaz acariciava seus ouvidos, enquanto a voz, macia como as cerdas de um pincel novo, pintava cada detalhe daquela cena. Evan quase podia sentir o vento que soprava no rosto do pequeno Alex. A história era aconchegante e familiar, como se já a tivesse ouvido antes.

Embalado pelo conto de ninar, Evan caiu no sono profundo. Calmo e sem sonhos, do melhor jeito que poderia ser.

Ao despertar, antes mesmo de abrir os olhos, escutou o canto dos pássaros ao redor da cabana. Ouvia as pequenas asas batendo nas folhas de bananeira, como se pedissem permissão para entrar. E então voavam para longe mais uma vez, numa partida de pique-esconde.

Para sua surpresa, descobriu que o calor que o envolvia não vinha do sol, mas dos braços de Alex que contornavam seu corpo. Sentiu as maçãs do rosto ficarem quentes e o coração acelerar tanto que parecia ter saído alguns centímetros do lugar.

Sem querer acordar o outro, Evan prendeu o ar nos pulmões e tentou respirar devagar, enquanto encarava o semblante adormecido de Alex. Deslizou os olhos por sua pele morena, contornando a curva acentuada de seu maxilar firme, onde cresciam alguns fios escuros de barba. Examinou o queixo em formato de "u" e admirou os lábios cheios e entreabertos.

Como se os pássaros tivessem retornado e sediassem uma festa em seu estômago, Evan se surpreendeu com a vontade de beijar aquela boca. De encaixar os lábios entre os de Alex e deixar a língua descobrir que gosto ele tinha. Sentir a saliva quente se misturar à própria, enquanto as mãos desvendavam outros mistérios de seu corpo.

Os pensamentos descompassaram sua respiração e Evan percebeu o suor brotando em suas têmporas. Achou melhor se levantar antes que qualquer reação indesejada chegasse às suas calças. Talvez só precisasse de um pouco de ar.

Porém, quando se sentou, pronto para se arrastar para fora, sentiu os dedos de Alex segurando sua camisa.

— Aonde você pensa que vai?

Evan o encarou como se tivesse corrido por horas, fugindo

de um monstro na escuridão. Os lábios se abriram, mas a confusão e a surpresa engoliram suas palavras.

— Ahn... — balbuciou, sua boca estava seca.

Tudo aconteceu em menos de um segundo. Os lábios de Alex tomaram os de Evan, enquanto sua mão segurava o rosto dele. Ainda atônito, Evan continuou encarando os olhos abertos de Alex, sentindo a língua quente molhar o entorno de sua boca em um convite provocante.

Um arrepio gelado escorreu do ventre até o meio de suas pernas, mas o corpo se incendiava, consumindo Evan no desejo e na urgência pelo outro.

Deixando um suspiro escapar, Evan abriu a boca, não apenas dando espaço para a língua de Alex, mas a buscando. As mãos foram diretamente para os cabelos dele, perdendo-se nos fios escuros. Ao mesmo tempo, sugavam a boca um do outro com a intensidade de quem bebia água doce pela primeira vez em dias.

Mas Evan não se sentia em um primeiro beijo. Seus lábios degustavam os do outro em uma harmonia tão perfeita que era como se os tivesse provado a vida inteira. Como se fossem fazê-lo para sempre. E aquele cheiro de chá e biscoito de gengibre surgia em suas narinas, envolvendo-o em um abraço cheio de saudades.

Já Alex parecia saber exatamente o que fazer para Evan perder a cabeça. Contornava os seus lábios com a língua durante as breves pausas, e quando Evan deixava escapar algum gemido, mordiscava a sua boca, semeando um beijo ainda mais faminto.

Antes mesmo que se dessem conta, não havia mais espaço entre seus corpos. As mãos se perdiam entre arranhados e puxões de cabelo, enquanto o tecido de suas camisas acariciava os seus mamilos.

Arqueando a cabeça para trás, Evan soltou um gemido alto quanto sentiu Alex pressionar o volume entre suas pernas. Rapidamente desabotoou a própria calça e a baixou até as coxas, um convite para Alex tomar o que queria. Com a mesma pressa, ajudou o outro a se despir e segurou seu falo, quente e duro, entre os dedos.

Os grunhidos de prazer foram abafados por outro beijo, desesperado e intenso, enquanto estimulavam um ao outro no mesmo ritmo. A boca de Alex escorregou até o pescoço de Evan, deixando uma trilha de saliva, perdendo-se atrás de sua orelha, entre um punhado de cabelos claros. Ele abocanhou a pele em um chupão que fez Evan quase gritar. As mãos intensificaram o aperto, movendo-se para cima e para baixo com urgência, desejando extrair dali o prazer um do outro.

Com os lábios entreabertos e o corpo rendido, Evan apoiou a testa no ombro de Alex e ousou olhar para baixo, vendo os dedos que trabalhavam e a silhueta de seus sexos, que latejavam e imploravam por alívio.

Aumentando a velocidade do toque, Evan sentiu o músculo do antebraço fisgar ao mesmo tempo em que o corpo berrava, pronto para gozar. Os gemidos se transformaram num rosnado ao que suas línguas se encontravam mais uma vez.

E colidindo em explosão, os dois atingiram juntos o orgasmo, melando os dedos, braços e roupas com o resultado de seu prazer.

— A gente vai ter lavar isso — Alex riu, mostrando o tecido manchado da camisa. Depois cobriu o rosto de Evan com um beijo. — É sério, vou dar um pulo no rio e deixar a roupa para secar enquanto o céu tá limpo. Você vem? — Perguntou enquanto subia as calças e fechava o botão.

— Vai indo na frente, te encontro lá. — Evan balançou a cabeça e observou quando Alex deixou a cabana.

Não sabia muito bem o que dizer. Mas também não se arrependia nem um pouco do que acontecera, só que Evan não conseguia explicar o tesão súbito que sentira pelo companheiro. Não que precisasse de um motivo, mas sentiu dificuldade em explicar para si mesmo o que mudara de um dia para o outro.

Imaginou o que o pai iria dizer se descobrisse que a

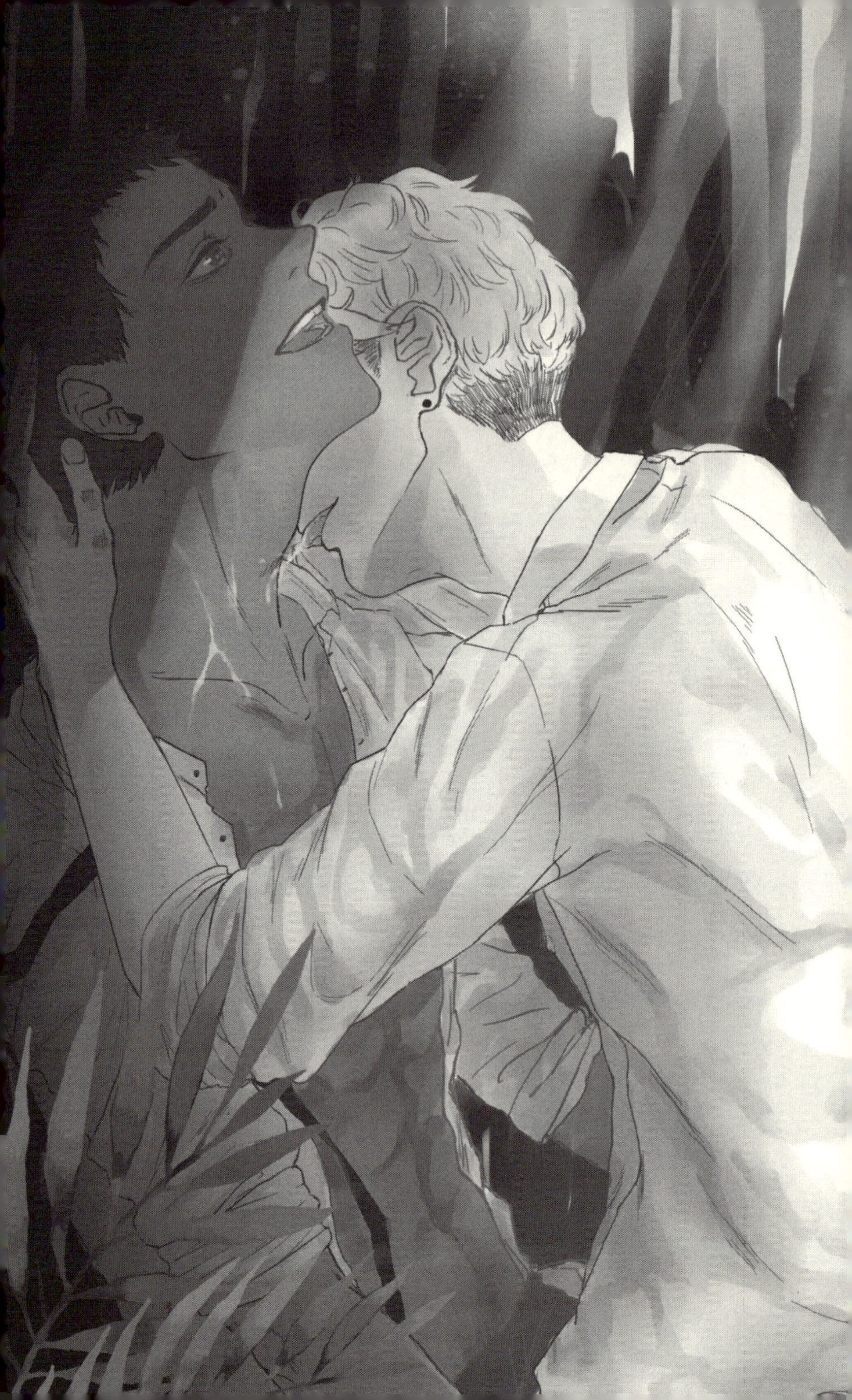

linhagem estava "condenada", uma vez que o único filho era mais inclinado a garotos.

O pensamento fez seu estômago embrulhar, como se estivesse diante de uma tragédia iminente.

Espantando as nuvens negras da própria mente, Evan se vestiu e deixou o abrigo. Seguiu os passos de Alex até a clareira, onde a grama se arrastava baixa e o sol escorria da nascente até o grande volume de água cristalina.

Alex estava na beira do rio, completamente nu, esfregando a camisa. Ouvindo Evan se aproximar, virou a cabeça em sua direção e o seguiu com o olhar até que sentasse ao seu lado.

— Então era fácil assim fazer o bocudo ficar quieto? Devia ter tentado antes -- Alex brincou e os dois riram. — O silêncio não faz seu estilo. Foi sua primeira vez?

— Longe disso — Evan sorriu.

— Ótimo. Também tenho certa experiência. — Alex botou mais força na lavagem da roupa. — Sua família sabe?

— Se soubesse, eu não estaria aqui para contar a história — Evan riu e balançou a cabeça.

— Não se preocupe, ninguém vai descobrir. Somos só dois caras cedendo ao desespero da solidão numa ilha deserta. — Alex deu uma piscada.

— Isso foi um flerte? — Evan perguntou com um meio sorriso. — Porque se foi, você é muito ruim nisso.

— É? Talvez porque, diferente de você, eu seja melhor na ação do que na fala.

— Não tenho tanta certeza disso. Vai ter que ser melhor do que isso, se quiser me convencer.

— Cala a boca — Alex sorriu e lançou-se sobre o corpo de Evan, tomando seu rosto com as duas mãos enquanto o beijava. As línguas se encontraram com ainda mais intimidade que antes e saborearam-se em cada segundo que os lábios permaneceram colados.

O resto do dia correu suave, como o leito do rio que conhecia seu caminho. Os peixes e as frutas de cada refeição pareceram mais apetitosos e a brisa soprava feito carícia em seus rostos.

    Até mesmo a noite chegou de mansinho, cobrindo os rapazes com uma manta aconchegante sob o afável calor da fogueira. A realidade fora da ilha parecia mais distante do que nunca. Os corredores de árvores se tornaram familiares, e cada dia se acostumavam melhor à vida que os cercava. Uma sensação de estranha liberdade e de pequenas descobertas maravilhosas, que faziam Evan sentir a própria existência renovada. Momentos em que nem mesmo a lembrança de navios e resgates cruzavam seus pensamentos.

    Se ao menos tivessem sabão e uma nova muda de roupas, tudo estaria perfeito.

Capítulo 4: Uma curva torta no rio

— Evan, acorde. Abra os olhos.

A voz sussurrou como um vento frio entrando pela fresta da janela. Evan levantou de supetão. Olhou ao redor, mas não encontrou ninguém além de Alex adormecido. Esfregou o rosto. A manhã se parecia com todas as outras: o sol ardia entre as árvores e as folhas do abrigo exalavam o cheiro úmido de banana.

Sem fazer barulho, Evan deixou a cabana e respirou fundo, alongando-se para despertar o corpo. Apenas outro sonho ruim.

Porém, ao ouvir um estalido de galho, percebeu que alguém mexera nos resquícios da fogueira. As pedras que cercavam o fogo estavam reviradas, espalhadas pelo solo como se chutadas num ataque de fúria. As cascas, folhas e cinzas do centro estavam ensopados e o local emanava um fedor evidente de urina.

Sobre uma das pedras, estava uma fotografia. Evan se aproximou e estreitou os olhos. Um retrato de família. Para seu horror, a face da mulher e da criança haviam desaparecido sob marcas negras de fogo. O único rosto reconhecível era o do homem, olhando fixamente para Evan. Aqueles olhos aterradores que conhecera na floresta, a figura sombria na escuridão.

Ao tomar a fotografia, Evan percebeu as próprias mãos cobertas de sangue. O líquido viscoso escorria pelo antebraço, cobrindo a pele inteira. Então, o som de um tiro terrivelmente familiar. Um grito que já ouvira antes. Vozes se acumularam ao seu redor, murmurando palavras sem sentido, enquanto a penumbra parecia tomar posse de si.

— Alex! — Ao berrar, percebeu que nenhuma voz saíra da garganta. Os ouvidos estavam tapados como se submersos

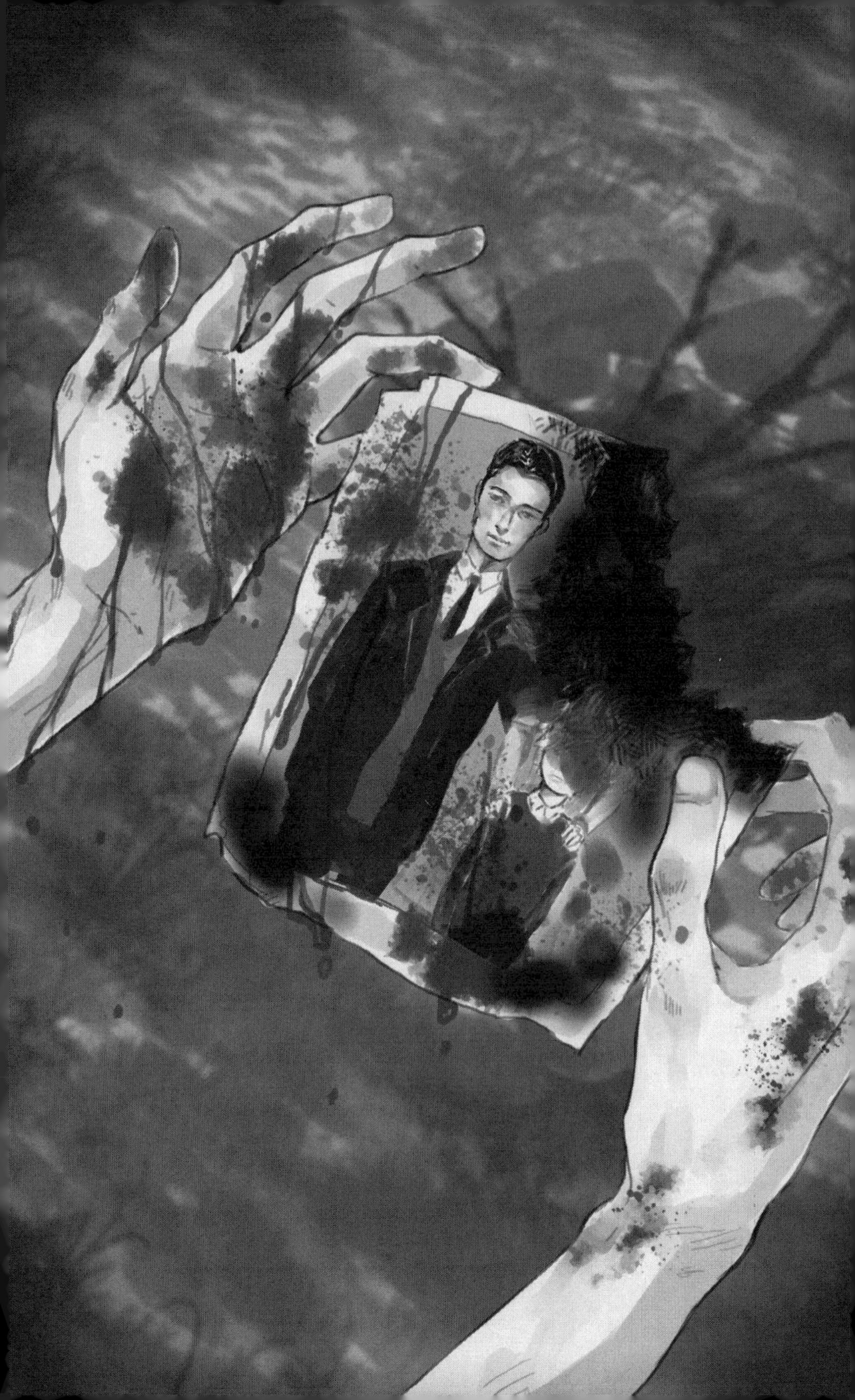

num rio profundo. Evan gritou, soltando a fotografia e levando as mãos às orelhas, agarrando os próprios cabelos. Cada suave movimento tinha o peso de um rochedo. Afundando e afundando sem parar.

    Então, sentiu ser puxado pelos punhos. As vozes se calaram e a estranha atmosfera desapareceu. Evan abriu os olhos para encontrar Alex parado diante de si, em desespero. Ele segurava seus braços e o sacudia com força, enquanto chamava seu nome. Ao retornar à realidade, Evan se desmanchou em lágrimas e abraçou o rapaz.

    — Eu tô aqui, Evan — falou com compaixão e cobriu o rosto dele de beijos. — O que aconteceu? Eu te ouvi gritar, você se debatia e não atendia quando eu chamava.

    — O sangue... você não tá vendo? — Evan, em prantos, estendeu as mãos para Alex. Para sua surpresa, elas estavam limpas como nunca.

    — Que sangue, Evan? — Alex vasculhou o corpo do outro na busca por algum ferimento.

    — Eu... tinha sangue em mim... — a voz de Evan desaparecia enquanto procurava qualquer traço que provasse sua sanidade.

    — Não tinha nada em você, Evan — Alex o segurava pela cintura e encarava seu rosto com preocupação. — O que você viu?

    Evan apontou para a fotografia macabra, parcialmente escondida entre o mato no chão. Ao menos ela era real. Algo físico estava mesmo acontecendo ali.

    Alex se abaixou e pegou o retrato. Franziu as sobrancelhas e depois voltou a olhar para Evan.

    — Você sabe quem são eles?

    — É o homem que me perseguiu na floresta. Não faço ideia de quem sejam os outros, muito menos porque estão atrás de mim — disse apressado. Então abraçou os próprios ombros e soltou um longo suspiro.

    — Precisamos ficar de olhos abertos. — Alex deu uma última encarada na fotografia. — E juntos. Nada de viajar sozinho para o rio ou para a praia, assim fazemos cobertura um para o outro.

Evan concordou com a cabeça e esfregou as mãos no rosto.
— Você tá legal? Vem cá — Alex caminhou até Evan e o abraçou mais uma vez. Beijou sua testa e a bochecha, antes de colar os lábios aos dele.
Evan deslizou os dedos sobre o peito de Alex, depois subiu até tocar seu rosto.
— Valeu. — Sorriu e apertou o abraço. — Eu posso comer aquelas frutas que você guardou? aAcho que elas me ajudariam muito a melhorar.
— Nossa, como você é trambiqueiro.
Evan riu e beijou a boca de Alex novamente. Sentia-se seguro ao lado dele, como se as sombras da noite jamais pudessem tocá-lo outra vez.

Quando o sol se espreguiçou e se despediu do dia, os rapazes pisaram na areia da praia para buscar os peixes do jantar. A maré mansa embalava o entardecer e as ondas batiam cautelosas nos rochedos.
No entanto, Evan e Alex encontraram muito mais do que a habitual rede de pesca atada à estaca de madeira. Havia uma jangada rústica, feita de pequenos troncos de árvore, amarrada com uma corda industrial e deixada ali para ser encontrada.
Ninguém parecia ter desembarcado recentemente. Não havia nenhuma pegada na areia ou traços de que alguém estivera ali. Nem mesmo a rede fora mexida, os nós habilidosos de Alex continuavam firmes, unindo as pontas dos cipós.
Sobre os troncos de madeira havia uma trouxa de tecido, presa no centro da embarcação. Alex subiu nas pedras e recolheu a jangada, não hesitando em investigar o embrulho.
— Caramba, que sorte! Olha, Evan, é sabão! E novas mudas de roupa! — Sorrindo, Alex mostrou uma camisa de algodão,

levando o tecido até as narinas e sentindo o cheiro de roupa limpa e macia. — Acho que serve na gente.

Mas Evan encarava tudo com receio. As pernas amoleceram e o estômago o encheu de náuseas enquanto via as peças saindo do pacote.

— Alex, não encosta nisso, tem alguma coisa errada.

— O quê? Evan, não tem ninguém por aqui. E se o dono aparecer, a gente devolve!

— Não é isso! Tem alguma coisa estranha, você não vê? Uma jangada aparece do nada, com roupas do nosso tamanho! Evan se abaixou e revirou todo o embrulho, jogando o conteúdo nas pedras. — E sabão! Foi justamente o que eu pensei ontem à noite, Alex! Que eu queria roupas e sabão!

— Evan, do que você tá falando? Você acha que isso apareceu por mágica? Pela força do seu pensamento? — Alex perguntou enquanto recolhia as peças. — Essas roupas são boas. E não sei você, mas eu realmente gostaria de tomar um banho decente.

— Você fala como se coisas bizarras não acontecessem nessa ilha — Evan comprimiu os lábios. Alex suspirou.

— Vamos pensar numa hipótese mais realista. Aquele cara tá te seguindo, certo? Ontem à noite, ele destruiu nossa fogueira e deixou aquela fotografia. E se ele veio de algum outro lado da ilha por essa jangada? Ele a amarrou aqui, foi encher nosso saco e não voltou. Só pode ser isso.

Evan não respondeu nada. Aquela versão fazia mais sentido do que histórias de magia.

— De qualquer jeito, não quero usar as roupas daquele maluco — Evan cruzou os braços.

— O cara pode ter feito coisas ruins, é verdade. Mas vamos aproveitar o que ele deixou de bom — Alex disse, fechando o embrulho mais uma vez e selando a boca de Evan com um beijo.

Por mais que relutasse, era difícil negar o alívio da pele realmente limpa pela ajuda do sabão. A superfície do rio espumava e bolhas perfumadas circulavam ao redor dos rapazes, que se sentiam mais leves depois do primeiro banho decente em semanas.

O cheiro floral os atraiu como abelhas, e Evan e Alex mal podiam tirar as mãos um do outro. Evan nem mesmo deu atenção à estranha coincidência de que aquela era sua fragrância favorita de sabonete.

Perdia-se nos beijos de Alex, deixando os dedos redescobrirem a maciez de sua pele, enquanto a água do rio o tornava leve o suficiente para se empoleirar no corpo do outro.

O que os interrompeu foi um trovão. A noite se apossou do céu, tornando difícil notar as nuvens escuras que cobriram as estrelas.

Os rapazes se apressaram em vestir as novas roupas e acenderam a tocha para iluminar o caminho para o abrigo, antes que a chuva caísse e complicasse seu retorno. Ao se embrenharem na floresta, um relâmpago cortou o céu e atingiu o topo da árvore mais alta, partindo o tronco secular ao meio em uma fração de segundos. O som estrondoso perfurou a mata e um incêndio se ergueu, consumindo o que restara da madeira, liberando uma fumaça escura que se fundia com as nuvens.

Alex e Evan apertaram o passo, chegando ao abrigo com segurança, aliviados ao notar que o fogo estava longe de seu refúgio. Mesmo assim, podiam sentir o odor da vegetação queimada e, logo, os pesados pingos de chuva o alcançaram, batendo contra as folhas e a madeira da cabana.

O barulho, porém, parecia diferente.

Como uma tempestade de granizo, gotas maciças pipocavam no telhado, e em tal quantidade que ameaçavam destruir o abrigo. Abrindo um buraco entre as folhas de bananeira, um dos pedregulhos encontrou o caminho até Alex e Evan, caindo ao lado de seus pés.

— Que porra é essa? — Evan se espantou ao pegar entre os dedos a bala de um revólver.

Por onde a primeira entrara, muitas outras seguiram. Dúzias de munições chovendo dentro da cabana e atingindo os rapazes, que se encolhiam nos cantos contra as paredes, tentando se proteger.
— Caralho, a gente tem que sair daqui! — Evan disse, encarando a expressão confusa de Alex. Queria arrumar uma explicação lógica para aquilo, mas não conseguia.
Então, Evan se movimentou em direção à portinhola e a empurrou para fora. Alex tentou impedi-lo e fechar o abrigo novamente, mas em vão.
Com a boca aberta, Evan vislumbrou o chão da floresta coberto pelas balas metálicas, todas idênticas, ainda caindo do céu. Mas havia outras surpresas desagradáveis. Todos os troncos ao redor estavam manchados de tinta vermelha, soletrando a palavra "covarde".
Alex puxou Evan de volta para a cabana, quase atirando-o contra o chão.
— A gente precisa ficar!
— Você tá maluco, Alex? Temos que sair daqui! Tem algo muito errado com esse lugar e não é invenção da minha cabeça! Balas de revólver? E que porra é aquela pintada nas árvores? — Evan gritava, as mãos se moviam como se espantassem mosquitos.
— Tudo bem, certo! A gente vai embora, mas não agora. Essa coisa machuca e não temos outro lugar para nos esconder. Além disso, tá de noite, com um maluco solto por aí! — Alex se sentou contra a parede e exalou um longo suspiro. — Amanhã de manhã, Evan.
— De manhã, então. A gente vai sair daqui mesmo que estejam chovendo vacas. — Evan disse, irritado, correndo os dedos pelos fios louros do cabelo.
Por horas, as balas continuaram caindo, perfurando o silêncio que se abatera sobre o abrigo. E entre as pequenas frestas das tábuas, a tinta vermelha continuava chamando por Evan, reluzindo na escuridão da noite.

Capítulo 5: A casa na montanha

Num suspiro, Evan despertou sem saber que adormecera. Pássaros cansados piavam do lado de fora, e o sol melancólico se esgueirava para dentro do abrigo.

— Alex, tá na hora de ir — Evan sacudiu o outro pelo calcanhar.

Diferente de Alex, confuso e desanimado, Evan estava ansioso para partir. Usou uma camisa desabotoada para montar uma trouxa e embalou o pouco que possuíam. Com as mangas, fez uma alça e jogou o embrulho por cima do ombro, deixando o abrigo.

Nada poderia prepará-lo, no entanto, para o que encontrou do lado de fora. Não havia mais nenhuma floresta ali. Tampouco traços da ilha ou a silhueta da praia. A paisagem que se abria era a de uma vasta colina verdejante e florida, cercada por montanhas e desenhada pelas curvas de uma lagoa platinada.

Mas, enquanto Alex carregava uma expressão atônita, Evan conhecia muito bem aquele cenário. Só que dessa vez não parecia um sonho. Quando deu os primeiros passos sobre o gramado, segurando a mão do companheiro, notou que o abrigo desaparecera. Não havia nem vestígios de árvores ou qualquer lugar por onde tivessem chegado.

Conforme caminhavam, ficava claro que estavam embargados em um silêncio anormal, um mundo de tempo estático. Não havia vento, apesar das folhas paradas em pleno ar, e um pássaro de asas abertas parecia uma estátua pendurada por algo invisível nas nuvens. Apenas Evan e Alex se moviam naquele universo congelado.

Como esperado, encontraram a casa de campo perto dali.

A adorável cabana de madeira com a chaminé fumegante. A misteriosa porta trancada.

— A gente precisa dar um jeito de entrar! — Evan disse, forçando a maçaneta. — Deve ter alguma coisa aí dentro que explique essa maluquice. Alex! Tá me ouvindo?

Evan se virou para encontrar o outro encolhido, abraçando o próprio corpo para se proteger do ar agourento.

— Qual é seu problema? — Evan se irritou. — Que droga de atitude é essa? Parece até que você desistiu de resolver esse problema!

— Eu só acho que a gente não deveria estar aqui, Evan. Vamos embora.

— Ir para onde? — Evan se exasperou, abrindo os braços.

— O abrigo sumiu, a ilha sumiu, tudo sumiu! Seja o que for, as respostas devem estar aqui, nesse inferno de lugar. E eu vou entrar com ou sem a sua ajuda. — Continuou falando alto, quase arrancando a fechadura com socos.

Soltando um grande suspiro, Alex se aproximou de Evan e tomou seu lugar em frente à porta. Com um delicado movimento, girou a maçaneta, destrancando a cabana.

Evan mediu o outro de cima a baixo, de boca aberta e olhar descrente, mas Alex não ousou encará-lo de volta. Ficou parado ao batente, pedindo que o loiro entrasse primeiro.

Como uma rajada de vento, Evan irrompeu porta adentro sem questionar. Logo foi envolvido pelo aroma apaziguante do chá com biscoitos de gengibre e da madeira perfumada que queimava na lareira. O som crepitante e confortável do fogo não condizia em nada com o ritmo frenético que batia seu coração.

A decoração interior era adorável. Os móveis de madeira polida exibiam um estofado floral e um grande relógio pendular se escorava na parede. Os ponteiros se firmavam num horário fixo, enquanto o marcador de segundos saltava no mesmo lugar.

Do outro lado da sala, uma escrivaninha ostentava uma série de livros e um computador portátil descansava ao lado de um jornal.

49

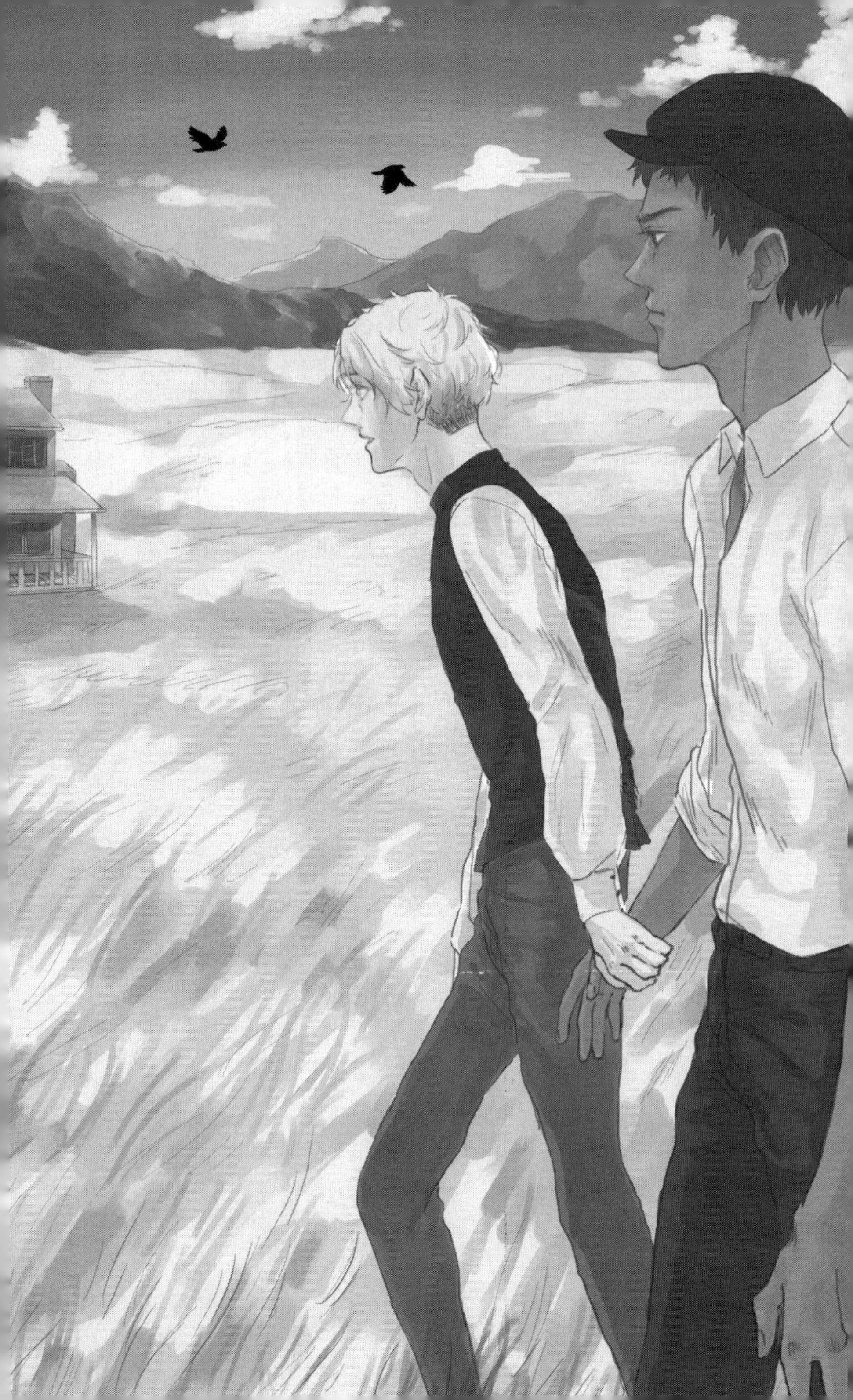

Evan tomou a primeira página, encarando as letras garrafais que anunciavam a manchete, datada de 20 de julho de 2037.

WILLIAM BERGMANN ENCONTRADO MORTO EM CASA

Magnata da criogenia é assassinado com três tiros. Nenhum suspeito preso no local.

As mãos de Evan tremiam, abrindo as páginas até a matéria principal. O coração pulsava na garganta. Não teve dúvidas de que achara a notícia certa quando viu a enorme fotografia que ilustrava a reportagem. O homem de olhos sombrios sentado ao lado da esposa e do filho. A mulher trazia um belo penteado trançado, como uma coroa loura sobre a cabeça. O garoto era Evan.

— O que é isso? — as palavras morriam na ponta da língua. Virou o jornal na direção de Alex, apenas para contemplar seu desapontamento. — Alex, o que é isso?

— Não era pra acontecer desse jeito, Evan.

— Acontecer o quê? Eu não tô entendendo nada!

— Como você foi parar na ilha, Evan? — Alex finalmente encarou seus olhos.

— Um naufrágio... — a voz falhou.

— E para onde estávamos indo? Por que a gente estava viajando?

Com horror, Evan se deu conta de que não sabia aquelas respostas tão simples. As memórias eram vazias, como uma concha abandonada na praia.

— E como é seu quarto no "palácio"? O que você toma no café da manhã? Qual o nome do seu pai, Evan?

Sentiu-se tonto, as pernas fraquejaram. Precisou sentar em uma poltrona, deixando o jornal cair sobre o tapete escovado. A visão enturvou e a voz de Alex ecoava distante.

— Para onde você iria, Evan? Se quisesse deixar tudo para trás?

Capítulo 6: As páginas de um diário esquecido

Como único filho de William Bergmann, fui criado para comandar um império. Um legado iniciado séculos antes da minha existência e que deveria perdurar uma eternidade depois dela.

Desde o primário, frequentei os colégios mais tradicionais do país e, mesmo não sendo um aluno exemplar, me graduei com todas as honrarias possíveis para alguém tão jovem. Grande parte dos créditos vão para meu sobrenome, mas gosto de pensar que também fui uma criança inteligente. Os estudos marcaram todos os dias da minha infância, não apenas durante as aulas da grade curricular, mas centenas de outros cursos e atividades que lotavam minha agenda. Línguas, equitação, pintura, piano, até esgrima.

Os dias eram claros e alegres, mas muito solitários. Na época, eu era novo demais para entender e aceitar a ausência do meu pai, um gigante da indústria tecnológica, que devorava bilhões de dólares ao ano. Minha mãe era uma mulher de saúde frágil, que vivia em retiros de medicina alternativa para curar as dores do corpo e da alma. Ou pelo menos era o que ela dizia. Hoje em dia acredito que ela apenas fugia de mim e de meu pai, evitando a própria vida vazia. Eventualmente, me acostumei à presença constante de babás e empregados que faziam todas as minhas vontades.

Também demorou para que eu entendesse o que meu pai fazia. Eu associava a palavra "criogenia" a cavalos, mas depois descobri seu significado intrigante e deveras sombrio: um sistema de animação suspensa, em que a pessoa permanecia submergida em uma cápsula. Preenchida com um líquido congelante e eletrocondutor, que auxilia a mente a se conectar a um programa de computador. Uma realidade virtual onde os sonhos mais impossíveis da humanidade poderiam se tornar reais.

A funcionária favorita de meu pai, Dra. Martinez, me explicou em detalhes as maravilhas daquele legado que eu herdaria um dia. Uma solução à vida "miserável" de paralíticos que gostariam de caminhar outra vez na praia. Os cegos que poderiam conhecer as belezas do mundo. Surdos. Mudos. Uma infinidade de deficiências físicas superadas pela tecnologia. A verdadeira felicidade adquirida por alguns milhões de dólares. Quando cresci, é claro, entendi que os verdadeiros necessitados eram a menor parcela da clientela. Os donos das melhores cápsulas eram senhores e senhoras em busca da beleza e juventude eterna. Meu pai era o dono da nova Pedra Filosofal.

Mas, para ser honesto, a Bergmann Inc. era a menor das minhas preocupações enquanto crescia. Entrei na adolescência como um babaca bilionário, cercados de amigos, carros de luxo e festas na piscina.

Meu pai adorava ver as jovens modelos desfilando de biquíni, tomando sol e margaritas no jardim. Mal sabia ele que eu sempre me interessava pelos salva-vidas. O capitão do time de hóquei. O instrutor de tênis.

Com vinte anos, já tinha minha posição na diretoria da empresa. Uma sala grande e envidraçada, com estofados de couro legítimo e flores trocadas diariamente.

Foi ali que vi Alex pela primeira vez.

Trabalhava no setor financeiro, pele morena e camisa de gola desabotoada. Lembro do quão fascinado fiquei por aquele botão, tentando fisgar um vislumbre de seu pescoço largo e do peito torneado.

No dia seguinte, arrumei qualquer motivo para visitar o local onde trabalhava. Uma salinha carpetada, de *drywall*, e um aparelho de ar-condicionado. Ele ficou nervoso ao me ver ali. O chefe, futuro líder da família Bergmann.

Alex tentou se levantar depressa, fechar o terno de poliéster riscado. Imaginando o que todas aquelas roupas escondiam, tomei a decisão de ir contra meus princípios – e cautelas – chamando-o para beber uma cerveja.

Lembro o jeito com que me olhou, desvendando minhas meias-palavras. E abrindo o sorriso mais filha-da-putamente sexy que já vi, Alex aceitou meu convite.

Em momento algum ele se sentiu intimidado pelo local que escolhi. Um bar da moda, na zona mais cara da cidade, o qual eu frequentava havia um tempo, conhecido por manter segredos e portas fechadas por um preço módico. Os drinques também eram ótimos.

Desnecessário dizer que a conversa casual não foi o ponto alto do nosso primeiro encontro. Se me recordo bem, dois chopes e um dedo de uísque foi o necessário para que acabássemos num discreto quarto de hotel, sem conseguir tirar as mãos um do outro.

O beijo de Alex era intenso e me fez perder a cabeça, enquanto nossas roupas se perdiam entre os lençóis. Sinceramente não lembro com detalhes o que aconteceu naquela noite. Apenas a sensação. Nossas bocas e línguas se atando em uma coisa só. As mãos dele reivindicando o meu corpo, enquanto me possuía. Algumas vezes fui eu quem o dominei. Éramos um casal versátil.

O segundo encontro foi marcado antes mesmo do primeiro terminar. Mesmo local, mesmo horário, mesmo tesão incontrolável.

Em algum momento, me dei conta de que Alex e eu estávamos naquela fase do caso em que é difícil disfarçar os olhares cruzados no escritório e os beijos escondidos no banheiro durante o expediente. E diferente dos outros caras com quem trepava, eu queria mais. Queria conversas mais longas, encontros mais duradouros, dividir a cama depois do sexo e tomar um tranquilo café da manhã no dia seguinte.

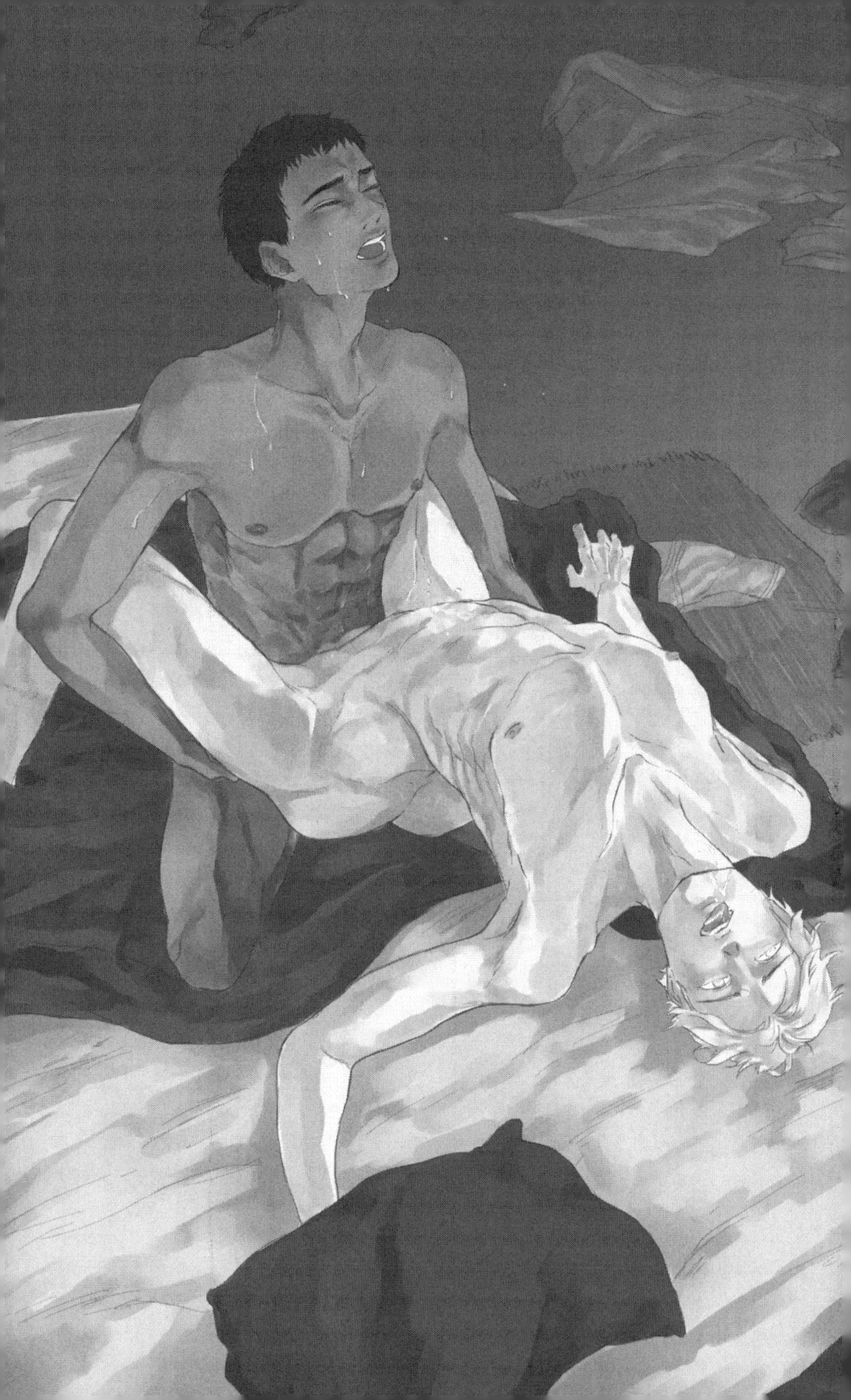

Descobri que estava apaixonado quando eu não era mais o centro de meu próprio universo. E percebi que tudo o que eu tinha não era nada comparado ao que Alex me oferecia. Ele me ensinou o nome de muitas constelações, que apareciam em diferentes estações do ano. Contava-me sobre seu amor por navegação, as histórias de quando ia pescar no barco de sua família. Falava sobre música, cinema e ficção científica. Sua saga favorita era *Star Wars*. Bebia café gelado, comia pizza amanhecida e fazia o melhor chá com biscoito de gengibre que eu já provara na vida.

Começamos a namorar sério. Fui eu quem fez o pedido. Era tudo novidade para mim. Ainda tinha dezenas de caras no meu pé, mas Alex era o único que me arrancava um sorriso no rosto no meio da tarde, apenas pelo fato de existir.

Claro que não podíamos usar alianças ou revelar nosso relacionamento. Quão desastroso seria o fim da tradicional família Bergmann?

Comprei uma linda casa de campo no norte do país, para onde fugia com Alex todos os finais de semana. Uma cabana rústica de madeira, com lareira e chaminé, no meio das montanhas. Completamente diferente do mundo repleto de dinheiro e tecnologia que me sufocava diariamente. Ali era o mais longe que eu poderia ir.

Lembro-me de um domingo de inverno, em que eu e Alex olhávamos a neve cair pela janela. Os floquinhos se acumulavam no relevo da moldura, enquanto nossas canecas de chá fumegavam, aquecendo nossas mãos.

— Para onde você iria, Evan? Se quisesse fugir e deixar tudo para trás?

— Para uma ilha deserta — respondi e fiquei quieto por um momento. — Onde você não seria você e eu não seria eu. Apenas duas pessoas que eventualmente se apaixonaram e estariam livres para viverem juntas, felizes para sempre.

Era um sonho infantil, eu sabia. E com o tempo, o peso da realidade começou a nos puxar para baixo. Até quando iríamos

viver escondidos? Por quanto tempo mais precisaríamos mentir para o mundo todo?
    Então os boatos se intensificaram. E apesar de eu ser o principal motivo das histórias, foi Alex quem sofreu o assédio na empresa. "O funcionário oportunista, que chupa o pau do chefe". Com a cabeça na estaca, foi questão de tempo até Alex ser demitido.
    Mas o café quente nunca faltara na minha mesa.
    Por mais que Alex não me culpasse por isso, nosso relacionamento sofria com as dificuldades. Até que chegou o dia, em nossa cabana secreta, que ele se despediu de mim.
    —Encontro você em outra vida — ele me disse. Teria sido melhor tomar um tiro no peito.
    No auge do vazio e do desespero, decidi contar tudo aos meus pais. Eles não entenderam, de início. Disseram que era apenas uma fase "experimental", que meu corpo jovem e lotado de hormônios cansaria dessas aventuras sexuais, meu coração repousaria quando encontrasse uma esposa decente, de boa família. Tinham até alguns nomes em mente. Pobres mulheres que nem sabiam que seus destinos estavam sendo discutidos por milionários sem virtudes.
    Disse aos meus pais que eles estavam enganados. Eu amava Alex e não planejava passar a eternidade ao lado de mais ninguém.
    A conversa mudou de rumo quando ameacei renegar meu nome e abdicar de toda a herança. Como um Romeu em amargura, tentando retomar a própria felicidade.
    Nunca vi meu pai me olhar daquele jeito. Eu estava sério. Não havia nada em mim que hesitaria deixar tudo para trás. Minha mente sonhadora criou o momento em que eu reencontraria Alex e lhe daria a notícia de nossa liberdade. Estava certo de que trocaria tudo o que eu era e conhecia por aquele amor. Para, mais uma vez, poder fechar meus olhos e adormecer junto ao seu peito.
    Mas nunca estive tão errado em toda minha vida.

Eu era um Bergmann, jamais poderia tomar as rédeas de meu próprio destino.

Nos dias seguintes, Alex não retornara nenhuma das minhas ligações ou mensagens. Sequer atendeu a campainha quando pedi para entregarem flores em seu apartamento. Não entendia como ele conseguia me ignorar tão avidamente. Em um momento de angústia, apareci na frente da casa dele. Bati na porta. A luz estava acesa, mas não ouvi nada quando encostei o ouvido próximo à maçaneta. Nenhum movimento. Chamei seu nome, chorei. Nada.

Foi quando uma vizinha abriu a porta.

— O Alex? — ela perguntou. — Não o vejo há três dias.

Meu coração congelou, aturdido pela ausência de Alex e pelo cheiro estranho que vinha do apartamento, impossível de ignorar. Peguei o telefone do bolso e liguei para o número dele. Para meu pavor, ouvi o toque de seu celular chamando do lado de dentro.

Lembro de ter gritado, feito um escândalo. O zelador apareceu com uma chave-mestra e destrancou a porta. A entrada dava para a cozinha silenciosa. Havia um copo de suco pela metade, sobre o balcão, ao lado do telefone celular ligado na tomada.

Não precisamos de dois passos dentro do apartamento para sermos avassalados pelo cheiro forte da podridão. Tapei o nariz e a boca, mas as pernas já estavam sem forças para seguir o zelador. Encontramos Alex caído no chão da sala. Um tiro havia destruído metade de seu rosto, deixando evidente de que não fora um acidente. Não havia uma arma de suicídio. Eu sabia bem quem encomendara aquela morte.

Vomitei nos meus próprios sapatos, minha memória ficou confusa a partir daí. Minha mente jamais seria capaz de processar que aquele corpo ensanguentado, de pele pálida e enrijecida, era o mesmo homem que eu amava. Que todos aqueles sorrisos estavam apagados para sempre pelo rastro de uma bala, que aqueles dedos nunca mais proporcionariam as carícias que tanto me faziam feliz.

Devo ter caído no chão. Alguém me retirou daquele lugar horrível. Outro alguém cobriu Alex com um plástico preto. Tentaram me explicar qualquer coisa, mas não compreendi nada. Palavra nenhuma fazia sentido. Eu só pensava nele. Meu Alex. O amor que descobri na casa da montanha. Os abraços sob o céu estrelado.

Meu Alex. Não aquele cadáver estirado no chão.

De alguma forma, fui levado para casa. Cada aposento fedia a uma morte doce. Minha mãe havia saído. Meu pai me encontrou na sala de jantar.

— Espero que tenha entendido, Evan — ele disse, enquanto saboreava um gole de *bourbon*. — Farei qualquer coisa pelo nome e a fortuna dos Bergmann.

Eu disse algo, mas estava incapaz de ouvir minha própria voz. Fui até a cristaleira e abri a gaveta. Deslizei o polegar pelo corpo prateado e frio de um revólver carregado. Engatilhei. O clique soou como música.

Caminhei até meu pai e apontei a arma para seu peito. Ele riu debochado, me desafiou com o olhar. Porém, não houve tempo para fazer o mesmo com as palavras. Disparei três vezes, sem desviar os olhos. Ele gritou. Observei com certo deleite o buraco que abriu em sua camisa alinhada, empapando-a de sangue. Ele morreu com a boca aberta, me encarando com horror. Não senti nada. Vazio era a única coisa que havia em mim.

Aquela vida acabara. Precisava começar uma nova.

Tendo em mãos a chave de meu outro carro, dirigi até a clínica de criogenia. Os funcionários estranharam ao me ver ali àquela hora da noite, a roupa repleta de respingos vermelhos. Mas é incrível o poder de calar as pessoas ao exercer sua autoridade. Portas e elevadores se abrem ao estalar de um dedo.

Encaminhei-me ao departamento de tanques. Não era um lugar que eu apreciava visitar. Jamais pude ir ali quando era criança e ao me tornar adulto entendi por quê. Centenas de seres humanos jaziam, lado a lado, imersos em grandes cápsulas transparentes, como aquários mórbidos ou fetos superdesenvolvidos submersos em líquido amniótico. Tubos grossos ligavam seus pulmões às bombas de oxigênio pela boca e dezenas de fios conectavam seus crânios ao grande computador central da sala.

Alguns técnicos circulavam entre os tanques, tomando notas; todos olharam para mim quando entrei. Devo ter parecido um louco, pela expressão com a qual me encararam, e eu estava mesmo. Havia perdido o grande amor da minha vida e me tornara o assassino de meu próprio pai. Precisava de uma saída e queria muito ver Alex de novo. Tirar da memória o final horrível de nossa história.

Os técnicos, claro, relutaram em atender meu pedido. Não seriam responsáveis por colocar Evan Bergmann em animação suspensa. Tive que dizer que aquilo não era um pedido, tampouco cabia a eles aquela escolha.

Tentaram me alertar dos perigos daquele ato.

— Os pacientes se preparam por meses em psicoterapia até estarem prontos para a suspensão — um deles me disse. — Qualquer abalo emocional pode afetar a realidade virtual criada na mente. Há muitos casos de clientes instáveis que nunca conseguiram ser acordados de novo. Tiveram de ser desligados.

Eu não me importava com nada daquilo. Não queria continuar com aquela vida, seria melhor não ter nenhuma.

Por fim, cederam às minhas ordens berradas. Prepararam o tanque [07] para me recepcionar. Deixei minhas roupas e instruções estritas do que desejava: esquecer tudo sobre mim e minha família. Acordar em uma ilha deserta. O resto seria desenvolvido a partir de minha própria mente.

Deitado numa plataforma de ferro, senti o efeito e o gosto amargo do sedativo. Minhas pálpebras pesaram, apagando a imagem do teto da clínica e das luzes brilhantes que iluminavam meu rosto.

Quando abri os olhos, estava em uma bela praia e Alex sorria para mim.

Capítulo 7: Onde os perdidos se encontram

Evan despertou na poltrona florida da cabana. A mente doía, esmagada pelo peso das lembranças. Alex estava ao seu lado, afagando seus cabelos.

— Você desmaiou, fiquei preocupado — ele disse, os olhos ternos prestes a chorar.

Foi ainda mais dolorido vê-lo depois de se lembrar de tudo. Evan estremeceu e se desmanchou em lágrimas, agarrando o corpo do amado. O rosto afundou no peito de Alex e Evan tentou desesperadamente resgatar o cheiro e o calor que emanava dali. Fechou os olhos para aproveitar uma última vez aquelas carícias. A pressão de seus corpos colados.

— Não precisamos voltar para a ilha, Evan. — A voz de Alex tremia. — Podemos ficar aqui, sempre foi nosso lugar favorito. Lembra daquela vez em que eu te preguei uma peça e tranquei você do lado de fora, no escuro? Você ficou tão bravo! – As lágrimas escorriam por seu riso.

Evan tomou o rosto dele entre as duas mãos, encarando-o.

— Eu amo tanto você, sinto tanto a sua falta. Me desculpe, Alex, foi tudo culpa minha. Sua morte, é tudo culpa minha...

— Não pense nisso, você não precisa se lembrar de nada. Agora que você está consciente, pode chamar os Técnicos da Manutenção. Eles resetam o programa, Evan, e tudo pode ser como era antes — Alex dizia enquanto beijava sua boca.

— Não posso ficar, Alex. Não quero mais fugir. Preciso encarar as consequências do que eu fiz — Evan deslizou o polegar pelo rosto de Alex. — Nunca vou conseguir me despedir de você.

— Então não vá embora — Alex implorou. Tomou as mãos de Evan e descansou o rosto em suas palmas, cobrindo-as de beijos. — Fica comigo, Evan. A gente pode ser feliz, eu te amo e preciso de você.

— Você não é real, Alex... — Evan chorava. — Eu me lembro de tudo agora. Você é apenas uma sombra, um fantasma do que o Alex foi de verdade. Minha mente jamais poderia recriar o que ele era. O Alex era como uma droga de arco-íris. Uma luz forte e, ainda assim, fracionada em vários pequenos detalhes que eu jamais poderia reproduzir. Ele tinha tantas cores que eu ainda nem conhecia.

E mesmo assim, no final ficou resumido apenas ao vermelho.

Alex não respondeu nada. Abraçava o outro com tanto ímpeto e carinho, que mesmo Evan sabendo não ser real, era difícil dizer adeus. Pensou em ficar. Muitos clientes passavam a vida toda imersos nos sonhos da animação suspensa. O tempo corria diferente nas duas realidades. Mesmo agora, certamente um ano havia corrido em seu corpo físico. E Evan sabia o que o esperava lá fora: uma família destruída, a prisão iminente e um buraco no peito que jamais se preencheria.

Mas Evan não poderia escolher uma eternidade de ilusões. E talvez, quando fosse bem mais velho e tivesse pagado o preço de suas decisões, poderia voltar àquela cabana, onde Alex estaria eternamente esperando por ele. Com aquele sorriso tão lindo e os olhos mais doces que já vira.

— Eu preciso ir — Evan encarou o rosto dele uma última vez. — Estou pronto agora.

Alex assentiu e acariciou os lábios de Evan com os nós dos dedos.

E, sentindo o toque do amado e desvanecer, Evan finalmente abriu os olhos.

Este livro foi impresso em papel pólen bold
na Renovagraf em Outubro de 2022.